Bagarre

Les Avrils
Groupe Delcourt
8, rue Léon-Jouhaux
75010 Paris
lesavrils@editions-delcourt.fr

www.lesavrils.fr

Bagarre

Emilia Petrakis

Les Avrils

À ma mère,
cette guerrière.

À mon père,
même si c'est trop tard.

Vivre sais-tu ce que ça veut dire ?
Défaire sa ceinture et chercher la bagarre.

Níkos Kazantzákis

Toi, moi, n'importe qui, personne ne frappe
aussi fort que la vie. C'est pas d'être un bon cogneur
qui compte, l'important c'est de se faire cogner
et d'aller quand même de l'avant.

Rocky Balboa

Sara pose un pied dans la cage puis un deuxième et s'arrête sur le seuil. Elle balaie l'octogone du regard. En face d'elle : l'arbitre, tout en noir. À sa droite, dans le coin bleu, son adversaire. Une petite, trapue, musclée, les cheveux coiffés en longues tresses, les yeux brillants, l'air déterminé. Sara trottine jusqu'au coin rouge – son coin. De l'autre côté du panneau grillagé, Papi et Joh, ses coachs, sont déjà debout à l'attendre. Ils ont placé la bâche derrière leur combattante avec les logos des sponsors et celui du club – un léopard rugissant rouge et noir, aux couleurs de l'Alpha Team.

Sara combat pour la ceinture *bantamweight* des moins de 61 kilos. Pour le titre de championne de l'AFC, l'Arena Fighting Championship. Au Zénith de Paris. À domicile. L'organisation a voulu présenter ça comme un choc des générations : la jeune garde contre l'ancienne. La veille, à la pesée médiatique, la gamine a dit à Sara qu'elle allait lui faire prendre sa retraite. Des conneries pour faire monter la sauce. Sara s'en fout. Jeune ou pas jeune en face, ce titre, c'est pour elle, c'est tout.

Le speaker s'avance au centre de la cage, remet en place son nœud papillon et annonce : « *It's time.* » Les quatre écrans au-dessus affichent les portraits des combattantes. Le speaker enchaîne : « Dans le coin bleu, Aya "No Time" Ndiaye, 25 ans, quatre victoires à son actif, un *no contest*, zéro défaite depuis ses débuts en professionnelle. Dans le coin rouge, Sara "The Anaconda" Ferreira, 38 ans, dix victoires pour cinq défaites. Invaincue sur ses trois derniers combats. Qui sera la première championne *bantamweight* de l'AFC ? »

Dans son dos, Sara entend Joh qui souffle ses dernières instructions : « Fais pas la bagarre, tu prends les infos et tu boxes intelligent, il faut tenir les cinq rounds. » Sara ne répond pas. Cette gamine mérite une bonne correction, elle a hâte de la lui donner. Elle fixe le micro qui s'agite devant la bouche du présentateur. Elle attend qu'il parte, qu'il laisse place à l'arbitre et que la guerre commence. « Tu veux de l'eau ? » propose Papi derrière elle. Elle se retourne, attrape la bouteille par-dessus le grillage, boit une gorgée. De la foule, des trois mille personnes réunies autour d'elle, du speaker, des commentateurs installés au pied de la cage, des coachs de son adversaire, de tout le reste, Sara n'entend rien. C'est comme un bruit blanc dans sa tête. Désormais, il n'y a plus qu'elle et *l'autre*. Seules dans la cage, prêtes à s'affronter. La porte se referme. L'arbitre avance :

– Coin bleu prête ?

– Coin rouge prête ?

– Combattez !

Au commandement, Sara avance sur son adversaire. Elle veut déclencher la première. Lui arracher la tête. KO ou TKO au premier round. Finir au plus vite. Elle rentre avec son jab, décale, gauche, droite, gauche. *Bam bam bam*. Ça passe. Jab, droite au corps, crochet. Ça passe. Elle avance. « Gère le rythme ! lance Joh depuis le coin rouge, rentre et sors. » Sara accélère. Double jab, droite, uppercut. L'autre recule contre la cage. Gauche, droite, crochet au corps. Saisie. Coups de genoux. Elle cherche le foie. La coincer là, pour en finir et qu'on n'en parle plus. *Bam bam bam*. La petite musique des coups résonne dans son crâne, elle se laisse porter par le rythme et l'adrénaline. Elle capte dans sa vision périphérique l'arbitre qui se rapproche. C'est bon signe. Il se tient prêt à arrêter le combat. L'autre bloque les coups, dos à la cage. Il faut qu'elle continue à la déborder. *Bam bam bam*.

Bim. Contre-attaque.

La droite l'a touchée à la mâchoire. Elle est surprise. Un peu sonnée. La gamine en profite pour rentrer en corps à corps et saisir Sara. Elle amorce une prise de judo. Merde, elle est puissante, cette fille. « Reprends la distance ! » crie Joh. Sara réussit à se libérer de l'étreinte forcée. « Utilise tes jambes ! » Elle envoie un front kick qui repousse son adversaire dans le grillage. Fonce à nouveau sur elle. Frappe à la tête, puis au corps, puis à la tête. La colle contre la cage, envoie des coups de genoux dans les cuisses et dans le ventre. Alterne avec les frappes au visage. L'arbitre s'approche à nouveau : « Coin bleu, défends-toi. » C'est bon, c'est bientôt fini. Elle va l'avoir.

Sara cherche le coup dur. Le KO qui fait tomber. « Pas la bagarre ! » crie Joh sur sa droite. Elle n'écoute plus. Elle tape sans s'arrêter. Elle n'a pas le temps de réagir quand la gamine lui rentre dans les côtes. Elle tombe violemment au tapis. Joh bondit de sa chaise en jurant. Papi hausse le ton : « Décale tes hanches, viens chercher la cage, fais l'effort ! » Au-dessus d'elle, son adversaire pèse de tout son poids et contrôle son bras gauche. Impossible de bouger. Sara est allongée au sol. La gamine frappe. Frappe. Frappe. La tête de Sara rebondit. L'arbitre s'agenouille : « Défends-toi, Sara, sinon j'arrête. » Sara réussit à bloquer les bras de son adversaire. Elle serre fort. Elle sent qu'elle congestionne. Elle entend le clap des dix dernières secondes. Les bras glissent avec la sueur, lui échappent, elle n'a pas le temps de voir le coup de coude arriver sur elle. Juste un écran noir. Puis le silence.

KO.
Knock-out.

*

Joh tourne en rond dans le minuscule vestiaire tout en se repassant le combat à voix haute. Il a les cordes vocales enrouées d'avoir trop crié. Sara pense : pourtant ça n'a duré qu'un round. Le médecin leur a expliqué les signes à surveiller dans les prochains jours : maux de tête, nausées, vertiges, troubles de l'attention... Et surtout pas de reprise du contact à l'entraînement avant vingt-huit jours. Elle n'a mal nulle part. Elle n'a pas eu le temps d'avoir mal. Elle est un peu sonnée, c'est tout. Pas tant par le KO que par la défaite. Le mot cogne contre les parois de son crâne.

– Viens t'asseoir.

Papi lui fait signe de venir sur le banc à côté de lui. Il a trouvé une paire de ciseaux. Il lui attrape la main gauche et commence à découper avec précaution le bandage qui entoure les phalanges et le poignet.

– Désolée, coachs.

Sara baisse la tête. Ce titre, elle en avait rêvé. À bientôt 39 ans, elle sait qu'elle arrive au bout de sa carrière en MMA. Avant d'arrêter, elle s'est promis de gagner une ceinture, de devenir championne. Pour Joh, qui l'avait emmenée faire son premier combat à l'étranger, il y a dix ans, pour Papi, pour l'Alpha Team. Elle leur doit bien ça. Mais ce soir, Sara s'est fait surprendre. La ceinture lui a échappé.

– T'écoutais rien dans la cage.

Joh continue à arpenter le vestiaire de long en large.

– On a dit quoi ? On boxe intelligent. On fait pas la bagarre.

Une tache de transpiration est apparue sur son haut de jogging gris. Des gouttes de sueur brillent sur son crâne chauve. Il agite son téléphone. Ses mouvements incessants commencent à donner la nausée à Sara. Elle remue ses doigts libérés des bandages par Papi.

– Merci.

– Tu avais la tête ailleurs, t'étais pas avec nous ce soir, continue Joh.

Son équipe, son coin, ses coachs : elle les a déçus. Sara le sait. Elle sent le vide qui monte en elle.

– Au moins, t'es pas trop abîmée. C'est déjà ça. On va vite se remettre au boulot.

Joh regarde l'écran de son téléphone et s'éloigne pour décrocher.

– T'étais où ? demande Papi en se rapprochant sur le banc.

– Comment ça ?

– T'étais pas avec nous ce soir, alors t'étais où ? Ta tête là, elle était où ?

Sara hausse les épaules. Elle était ailleurs, oui. Sur les dernières secondes du combat, elle a relâché son attention et elle s'est fait cueillir. Elle a déconnecté. L'écran noir. C'est la première fois que ça lui arrive. Des défaites, elle en a connu, mais un KO comme ça, jamais. À deux secondes de la fin du premier round. Elle frémit. C'est ça, le MMA. Jusqu'au dernier instant, tout peut arriver.

Joh se plante debout face au banc. Il a raccroché.

– Allez, on bouge. Je te ramène, Sara ?

La combattante se lève et rassemble ses affaires. Sa hanche tire un peu, les cervicales aussi. Et ce bruit blanc à nouveau dans sa tête. Tout est ouaté. Elle veut rentrer, dormir. Oublier cette soirée.

– Bon. On se voit lundi au club ?

Papi la prend dans ses bras un bref instant pour lui dire au revoir.

– Et ce week-end, repos, OK?

– OK.

Pour sortir du Zénith, il faut remonter un couloir interminable jusqu'à une porte de service. Passer devant les vestiaires des combattants et combattantes qui ne sont pas encore rentrés chez eux. Vainqueurs ou perdants, peu importe, ce qu'elle voit c'est surtout une succession de blessés. Derrière Joh, Sara trace, tête baissée, pour partir au plus vite.

Au niveau du dernier vestiaire avant la sortie, une équipe de secouristes en tenue bleu et orange s'affaire autour d'une civière. Dedans, allongé, un corps entièrement immobilisé – Sara reconnaît un Brésilien qui s'est pris un high kick pleine tête quelques combats avant le sien. Elle s'arrête dans l'encadrement de la porte et interroge les soignants du regard. « Ça va aller, l'ambulance arrive. » Elle repart retrouver Joh au parking. Il est 1 heure du matin. Dehors, personne ne l'attend, que le froid de la nuit et cette question qui lui fouette le visage: elle avait la tête où ce soir?

PATRICK « THE BELGIAN BOMBER »

Je me suis forgé par les défaites.
On est pas des super-héros,
on est pas des surhommes.
Combien de fois t'as envie d'arrêter,
mais à un moment donné tu te dis mon envie elle vaut plus que ça, tu vois.
Faut respecter ses rêves.

Après sa douche, Sara reste un long moment devant le miroir de la salle de bains à inspecter son corps. Elle cherche les traces du combat. Vérifie qu'elle n'a pas de marques trop visibles. Si, l'œil droit est gonflé. Elle aura probablement un cocard demain. Ça craint. Pour le reste, des courbatures et un bon mal de tête. Elle a connu pire. Elle repense aux cinq minutes qu'elle vient de passer dans la cage. Cinq sur les vingt-cinq de combat prévues. Non, même pas. *Quatre minutes et cinquante-huit secondes* pour voir son rêve disparaître après des mois de préparation. Qu'est-ce qu'elle a foutu putain ?

Elle n'était pas dedans, c'est vrai. Elle voulait en finir vite. Elle est rentrée dans la cage en colère. Elle sait pourtant que ça ne mène à rien. Elle a été brute sans être intelligente. Sara se penche vers son reflet et pose un doigt sur le coin de son œil, au milieu des rides, là où commence à apparaître l'hématome. 38 ans. Bientôt 39 puis 40. Jusqu'à quel âge elle va pouvoir pousser son corps comme ça ? Son corps comme une machine de guerre qui commence à rouiller.

Elle attrape un tee-shirt, une culotte, puis enfile son bas de pyjama sur ses jambes tatouées. « The Anaconda ». Au niveau de la hanche, remontant jusqu'au bas-ventre, un imposant tatouage de serpent, la gueule ouverte, prêt à enserrer sa proie. Elle se l'est fait tatouer après son premier combat de MMA. Elle avait gagné sur un Anaconda Choke, une technique d'étranglement bras-tête devenue une de ses spécialités. Il y a une éternité.

Sara sait qu'elle fait partie de l'ancienne génération, elle a grandi sans les réseaux, elle a débuté dans ce sport quand personne n'en vivait. On n'y allait pas pour l'argent. Aujourd'hui, il faut soigner son image autant que ses techniques. Mais elle ne sait pas bien faire. De temps en temps, quand elle y pense, elle poste des vidéos de ses entraînements sur Instagram. Elle a essayé TikTok aussi, elle n'y a rien compris. Elle n'est plus à la page. Sara se détourne du miroir, éteint la lumière et sort de la salle de bains. Après cette défaite, qu'est-ce qui l'attend ?

Elle sait que ses coachs ne lui diront pas comme ça, mais ce résultat, ce n'est pas bon pour la suite. Un TKO au premier round, ça éloigne les propositions. Et surtout les chances de combattre à nouveau pour un titre. L'AFC ne lui donnera pas l'occasion d'une revanche de sitôt. C'est le jeu. Même dans la défaite, il y a perdre et perdre. Parfois, on peut se battre comme une lionne, perdre, et gagner le cœur du public malgré tout. Mais ce soir, elle n'a rien gagné du tout.

*

Au cœur de la nuit, en pyjama dans la pénombre de son appartement, Sara regarde ses pieds et le vernis rouge qui s'écaille sur ses ongles. Elle a étendu ses jambes sur la table basse devant elle. Par la fenêtre, la pleine lune laisse passer suffisamment de lumière dans le salon. Elle n'a pas eu envie d'allumer. Elle caresse la tête de Titus, qui est venu s'allonger sur ses cuisses dès qu'elle s'est installée dans le canapé. C'est un peu son rituel, s'affaler là et faire un câlin à son staffie bleu gris quand elle rentre le soir.

Quand Joh l'a ramenée vers 1 heure et demie, le chien lui a fait la fête comme si elle était partie depuis trois mois. Elle aurait bien aimé que Joh monte boire un verre, un Coca ou un thé à la menthe, histoire de discuter encore un peu, mais sa femme l'attendait et il devait se lever tôt pour emmener ses filles au basket. Elle n'a pas insisté. Elle a l'habitude de cette solitude d'après combat. L'envers du décor est souvent moins glorieux qu'on ne croit.

Sara repense au message que son ami Chris lui a envoyé après l'événement :

c rien Sara
ce qui ne nous tue pas nous rend plus fort
on est ensemble

Elle n'a pas ouvert les autres messages et commentaires qu'elle a reçus. Elle sait d'avance les critiques qui l'attendent, elle n'a pas envie de les lire. Elle a envie de silence. Mais ce SMS lui procure un peu de chaleur. Chris, c'est comme son petit frère, ils ont commencé ensemble. Lui aussi sait ce que c'est la vie de combattant. Parfois on gagne, parfois on perd. Toujours, on se relève.

Face à elle sur l'étagère, au-dessus de la télé éteinte, sa collection de médailles et de coupes, toutes les victoires passées. D'abord en boxe anglaise puis en MMA. Elle en a connu des batailles.

Ce qui ne nous tue pas nous rend plus fort.

Pas sûr. Ça dépend. Cette sensation de vide en elle, elle ne sait pas quoi en faire. Elle a l'impression qu'elle va finir absorbée par un grand trou noir et ne jamais refaire surface. Ça fait quelques jours déjà qu'elle se sent comme ça. Deux exactement.

Sara caresse Titus mécaniquement, une main après l'autre pour ne pas céder à la tentation d'aller sur son téléphone et de lire pour la énième fois le SMS de son oncle Filipe reçu il y a deux jours. Mais ce n'est pas la peine de s'empêcher de le relire, elle le connaît par cœur maintenant.

Sara chérie, je sais que tu ne lui parles plus mais ton père a fait un AVC, je voulais te prévenir. Il s'est réveillé ce matin et il a demandé à te voir.

Elle sortait d'une séance de vélo quand elle l'avait reçu, elle était dans le dur de la perte de poids avant la pesée officielle, focus sur les dernières heures les plus difficiles, elle était fatiguée et déshydratée. Elle avait vomi de la bile. Elle n'avait pas répondu.

Sara regarde son reflet dans le noir de l'écran plat. Titus change de position sur ses genoux. Elle n'a pas parlé du message avec sa mère. Ni avec son frère. Est-ce qu'ils savent ? Ils doivent forcément savoir. Pourquoi personne ne lui a rien dit ? Titus pousse avec son museau les mains qui ne le caressent plus. Il doit sentir le vide lui aussi. « Bon, articule Sara à voix haute, on va se coucher. Demain, il faut aller bosser. »

Quand elle pousse la porte de la médiathèque, Sara baisse la tête d'instinct, comme si ça allait changer quelque chose et empêcher ses collègues de voir l'œil au beurre noir. C'est un réflexe à chaque fois qu'elle est marquée au visage. Elle marche droit vers la salle de la machine à café, qui sert aussi de vestiaire. Elle entre, tête baissée, aperçoit aussitôt sa responsable. D'habitude, elle n'est pas là les samedis. Sara pense « eh merde », dit « bonjour », et essaie de se positionner plus ou moins de profil devant son casier. Elle entend la voix ferme et réveillée de sa cheffe : « Bonjour Ferreira ! Un petit café ? J'allais en faire. » Il est 14 heures mais Sara a encore les paupières lourdes et conscience de l'hématome qui s'étend autour de son œil. Elle aurait bien besoin d'un café mais elle préfère éviter le face-à-face avec sa cheffe. Elle décline et finit de ranger ses affaires avant d'aller prendre son poste. Le bruit du grain moulu lui fait mal à la tête. Si seulement elle avait pu rester au lit. La journée va être longue.

Sara avait demandé son jeudi, son vendredi et la matinée du samedi pour « raisons familiales ». Elle n'a pas osé en dire plus. Elle est encore nouvelle ici et ni ses collègues ni sa responsable ne savent qu'elle combat dans une cage devant un public. Elle s'est bien gardée d'en parler lors de l'entretien d'embauche. Elle a juste dit qu'elle faisait « un peu de boxe », c'est tout. La boxe anglaise, ça passe toujours mieux pour ceux qui n'y connaissent rien. Le MMA a trop mauvaise réputation. Les gens croient que c'est un sport ultra-violent où tout est permis. Et même si elle explique les règles, les coups interdits, le mélange de disciplines qui constitue la base du *Mixed Martial Arts*, la richesse des techniques, la possibilité de combattre debout ou au sol, l'octogone et le grillage qui protègent les combattants, on finit toujours par la regarder comme une illuminée. Alors elle dit qu'elle boxe.

– Vous êtes sûre, Ferreira ? Pas de café ? Il est tout chaud.

Sa responsable s'approche avec un gobelet fumant à la main.

– Oh mon dieu, mais qu'est-ce qui vous est arrivé ?

Elle manque de lâcher le café. Sara l'attrape, se brûle les doigts. Autant le boire, maintenant. Elle dit « merci » et « c'est rien, ça va passer ». L'autre la dévisage comme si elle était face à une femme battue. Sara a l'habitude de cet air de pitié, mêlé d'incompréhension. Maintenant, il faut expliquer, enjoliver un peu, adoucir les angles et croiser les doigts pour que ça ne fasse pas flipper sa cheffe. Ce poste à trois quart temps à l'accueil, c'est une aubaine, elle y tient.

– Je vous avais dit, je boxe un peu. C'est arrivé à l'entraînement.

La responsable fait la moue.

– C'est juste un petit coup. En quelques jours, ça aura disparu.

Sara force un rire qu'elle espère rassurant.

– … Ça fait mal ?

Elle fait signe que non. Souvent, ce qui fait le plus mal ne se voit pas.

– C'est rien, vraiment.

Elle avale une gorgée du café trop amer. Elle a envie d'aller s'asseoir devant son ordinateur à l'accueil, de rester sur la chaise et que la journée passe sans autres questions que celles des visiteurs pour savoir où sont les toilettes ou l'espace ludothèque et à quelle heure ça ferme.

– Bon, on va trouver une solution.

Sa responsable se dirige vers le planning au mur.

– Tu vas échanger avec Fatou, tu vas aller en réserve aujourd'hui et je vais la mettre à l'accueil.

Sara n'est pas tellement surprise. Il vaut mieux la cacher, le cocard, ça fait mauvais genre. Au point que sa cheffe préfère la remplacer par sa collègue, celle-là même à qui elle a expliqué que les week-ends et les mercredis, quand il y a les familles – quand elle dit « les familles », Sara sait bien de qui elle parle, ceux qui s'installent depuis peu dans le quartier, qui ont de l'argent et une couleur de peau pas trop foncée –, ce serait mieux qu'elle ne soit pas à l'accueil avec son voile.

Sara jette le gobelet dans la poubelle de recyclable.

– OK pour la réserve.

Elle doit faire profil bas ces jours-ci, elle le sait. À l'accueil ou au sous-sol, peu importe, elle a juste hâte que la journée finisse.

*

Debout devant les livres poussiéreux, sous la lumière blanche du néon qui grésille, Sara se repasse mentalement chaque seconde du combat jusqu'à l'écran noir. Le knock-out. Elle n'arrive pas à expliquer sa précipitation, elle revoit l'enchaînement des coups anarchiques, le mauvais timing, sa colère qui la déborde. Elle n'a pas su canaliser ses émotions. Une erreur de débutante.

Elle se déplace entre les rayons de la réserve à pas lents. De temps en temps, elle attrape un ouvrage, vérifie la cote, le replace. Elle penche la tête d'un côté puis de l'autre pour étirer son cou, détendre les trapèzes. Elle revit les sensations de la veille. Ce sentiment de désespoir dans la cage, de vouloir tout laisser sur la bâche ensanglantée. Elle est partie à la bagarre, la baston désordonnée, comme une petite fille qui voudrait régler ses comptes. Avec qui, avec quoi ?

Sara croit entendre un bruit venant de l'escalier. Elle attrape le premier livre sur la pile devant elle. *L'Art de perdre*. Elle le repose. La tête lui tourne. Est-ce que c'est la lumière des néons ? Elle n'a pas mangé ce matin. C'est peut-être juste ça. Le médecin lui a dit de surveiller de près toute sensation de ce type, et au moindre doute, de refaire des examens. Elle s'assoit. Se sent brumeuse. Essaie de reprendre ses esprits. Ce n'est pas que son adversaire a gagné, c'est plutôt qu'elle a perdu. Le brouillard. Le vide. La tête ailleurs. Oui, elle a déjà connu tout ça. Juste avant ses 18 ans. L'année de ses premiers championnats de France en boxe anglaise. Une période compliquée.

Le vertige est passé, mais Sara reste assise sur le tabouret de plastique blanc devant les rayonnages. Cette nuit, elle a dormi d'un sommeil trop léger, à se retourner dans tous les sens, le corps en alerte. Elle met la main sur sa poche, sent le téléphone portable sous le tissu du pantalon. Elle n'a toujours pas répondu à son oncle. Elle se lève et refait face à la desserte où la pile à ranger n'a pas bougé. Elle a perdu, c'est tout. Il faut arrêter de se chercher des excuses. Ça n'a rien à voir avec son père. Cela fait des années qu'ils ne se parlent plus. Des années qu'il ne l'accompagne plus sur ses combats. Elle s'est habituée à son absence. Ça ne change rien, ce message.

SEB « LE CAPORAL »

Tu fais pas ça par hasard.
Rentrer dans une cage et se faire enfermer avec quelqu'un que tu connais pas pour se mettre sur la gueule,
c'est pas anodin.
Mais expliquer vraiment le pourquoi, je sais pas.
J'ai des pistes. Je bosse dessus. Depuis des années, je cherche.
Je sais qu'il y a des trucs enfouis.
L'enfance, le milieu dans lequel on a grandi, ce qui a pu nous arriver –
tu connais.

Je cherche mais je suis même pas sûr de vouloir savoir.
Tu vois ce que je veux dire ?
Parce que le jour où je trouve… Comment je vais réagir ?
Et puis il se passe quoi après,
est-ce que c'est la fin du *game*,
ça s'arrête, j'ai plus de raisons de me lever ?

Je veux savoir mais pas trop vite.
Pas trop vite.

Amandine se regarde dans le miroir de sa chambre. Sous son rideau de cheveux noirs, elle essaie de cacher ses boutons d'acné et son manque de confiance. En petite culotte, elle ausculte son corps, tire sur le gras du ventre en faisant la moue, l'attrape avec les deux mains, appuie pour faire ressortir les bourrelets en formes étranges. Du doigt, elle suit la trace des vergetures sur ses cuisses et ses fesses, apparues l'été de ses 11 ans – l'été où elle a grandi, grossi, l'été où les règles sont arrivées et où son corps a commencé à être ce poids mort, ce boulet à traîner, l'été depuis lequel elle a juré de ne plus jamais se mettre en maillot de bain. Amandine juge aussi sa peau pâle et les poils noirs qui poussent sur ses jambes et sous ses aisselles, sa poitrine absente, ses fesses trop plates, ses hanches trop larges. Elle pense aux filles de son collège qui ont déjà des seins, des vrais, celles qui ont un ventre parfait sous leur *crop top*, le derrière rebondi sous leurs jeans, celles qui sont bien maquillées, bien sapées et qui savent poser pour les selfies.

Avant, dans l'enfance, le corps d'Amandine n'existait pas. Ou plutôt il existait avec elle, dans la continuité de sa tête, de ses pensées, de ses histoires inventées, de ses jeux. Son corps lui servait à escalader, courir, sauter, grimper, se rouler par terre, nager, s'asseoir en tailleur, la tête à l'envers, faire la roue, le pont, faire des câlins à papa et maman, faire du vélo, du roller. Avant, son corps et elle jouaient ensemble en toute intimité sans le poids des regards. À présent, Amandine le déteste. Il est devenu un obstacle, une charge, elle le trouve informe, obèse, immonde, dégoûtant. En un mot, inutile. Ce corps, il joue contre elle, il n'est pas beau comme il devrait, il n'est pas désirable alors que c'est son rôle désormais, c'est en cela qu'il vaut quelque chose : être regardé, être excitant. Personne n'a jamais eu besoin de le lui dire, elle le ressent dans sa chair au plus profond : son corps de fille-femme a changé de fonction, il n'existe plus pour elle maintenant mais pour le regard des autres qui jugent, classent, auscultent, hiérarchisent. Les garçons, les filles, les adultes, ses parents. Tous les autres. Toujours trop ceci et pas assez cela. Amandine juge aussi. Elle croit que les autres filles de son âge savent quoi faire de leur corps et comment l'habiter, elle les observe de loin, du fond de la classe ou d'un coin de la cour, sans plus oser bouger de peur d'être vue, elle qui aimait tellement courir partout avant… Depuis l'entrée au collège, elle se renferme, se fait discrète, silencieuse, pour qu'on l'oublie même si elle sait que c'est impossible de complètement disparaître.

*

Au forum des associations en ce début septembre, par quel miracle devant le stand de l'Alpha Team, elle a osé dire à sa mère qu'elle aimerait essayer le MMA. Elle est déjà passée devant ce club, elle a vu le léopard rugissant sur la porte. Et derrière les vitres embuées, sur le tatami noir et rouge, elle a vu des filles minces, grosses, petites, grandes, jeunes, vieilles, voilées ou en mini-short. Peut-être qu'elle pourrait y avoir sa place. Dans cette salle un peu loin du collège, elle a l'espoir qu'elle ne croisera personne qu'elle connaît. L'espoir d'un lieu à elle, qui ne soit pas l'école ou la maison, ces lieux où son corps prend toute la place et l'étouffe, un endroit où elle pourrait se dépenser sans avoir à parler.

Sa mère s'est étonnée. « C'est quoi ça, MMA ? Tu es sûre ? Ça a l'air violent quand même... » Mais Amandine ne veut pas se réinscrire à la gym ou à la piscine. Éviter les maillots ou les justaucorps à tout prix. Pour une fois, elle a insisté. Oui, c'est ça qu'elle veut.

Au forum, ce jour-là, c'est sa mère qui a demandé au type chauve aux oreilles en chou-fleur les horaires, les prix, et les risques aussi. Est-ce que sa fille n'allait pas se faire casser le nez là-bas ? Le type l'avait rassurée, avait pris le temps d'expliquer qu'il s'agissait d'un sport complet, que les profs s'adaptaient à l'âge et au niveau de chacune, qu'ils avaient ouvert cette section justement pour les débutantes, que sa fille allait beaucoup apprendre, y compris sur elle.

– Le mieux, c'est qu'elle vienne un mercredi au cours MMA Girls pour faire une séance d'essai.

Amandine avait saisi le prospectus que Joh leur tendait au-dessus de la table du stand et l'avait gardé précieusement.

MYRIAM « LA TORNADE »

Le côté un peu bagarre, un peu jeu, j'aimais ça
mais je voulais commencer avec des filles
pour pas être la débutante parmi les mecs, tu vois,
pour pas être jugée
ou mal
accueillie.

C'est pas toutes les meufs qui arrivent à se dire
moi je m'en fous je vais avec les gars, hein.

Je me souviens, mes premiers cours,
y avait des filles qui étaient un peu plus avancées
et je me disais « ouah trop impressionnant ».
Tu sentais que ces meufs, elles dégageaient un truc de force,
de confiance,
je trouvais ça ouf,
j'avais de l'admiration pour elles –
ça m'a motivé,
et de là, j'ai jamais lâché.

Le dimanche, à 11 heures, Sara enfile sa vieille paire de baskets et sort courir le long du canal, la laisse de Titus accrochée à ses hanches. Ce week-end, elle pourrait – elle devrait – se reposer. Mais impossible de s'imaginer rester à la maison, à attendre que le temps passe dans son canapé. Physiquement, elle se sent bien, c'est-à-dire qu'elle n'a rien de cassé. Mais il faut qu'elle se vide la tête. Elle n'a pas eu d'autres vertiges depuis hier dans la réserve et c'est pas un petit cocard qui va l'empêcher de courir. Trois mois de préparation pour au final passer moins de cinq minutes dans l'octogone. Ce sport est cruel.

Elle prend la direction des quais en trottinant. Il y a un peu de ciel bleu derrière les nuages de septembre. Elle aime l'aspect brut de l'endroit, ce décor apocalyptique de fabriques taguées et d'immeubles en construction. Les grues font partie du paysage autour de chez elle depuis quelques années, depuis que les Parisiens traversent le périphérique, amenant leur lot de magasins bios, recycleries et caves à vin avec eux. Sa ville change... Elle aussi ? Depuis tant d'années, elle met son corps à l'épreuve du combat. Pousser et repousser ses limites, enchaîner les batailles, elle ne fait que ça. Son quotidien est réglé sur ses entraînements. Sa vie se déroule au rythme des saisons sportives. Elle ne sait pas faire autrement. Si elle arrête, il se passe quoi ?

Sara continue de trottiner. Sur la gauche du canal, devant une fabrique en cours de démolition, pelleteuses garées à l'arrêt, un panneau : SORTIE DE CHANTIER. Elle sent l'impact du sol dans ses genoux, le cartilage qui craque. Ses hanches sont lourdes, son souffle est court. Elle fatigue déjà. Elle a mal dormi. Elle ne récupère plus comme avant. Elle essaie de se concentrer sur sa foulée, vérifie l'heure sur son téléphone. À peine vingt minutes ont passé. Elle vieillit, c'est tout.

Elle a préparé son combat comme d'habitude. Enfin, c'est ce qu'elle croyait. Ça lui avait semblé long, les trois mois entre l'annonce de la date et le jour J. La perte de poids, les entraînements, tout lui a semblé interminable. Cela faisait déjà un an qu'elle n'avait plus combattu, faute de propositions après une blessure à l'épaule. Cette pensée qu'elle arrive sur la fin, elle ne sait pas quoi en faire. Au mieux, elle a encore deux ou trois ans de carrière devant elle à combattre dans des organisations nationales. Et encore, à condition qu'elle performe suffisamment. Gagner et faire le show. Ce n'est pas une découverte. Elle a toujours su qu'il y avait une date de péremption dans la vie des combattants. Le corps n'est pas fait pour endurer toute cette violence éternellement.

Sur les quais, les runners suréquipés courent, le regard plongé dans leur montre connectée, leurs écouteurs à conduction osseuse posés sur le bord des oreilles, la foulée précise et rapide, les dernières Asics ou Nike aux pieds. Les tee-shirts fluo floqués des mentions de leurs exploits passés, 21 KM, SPARTAN, MARATHON DE PARIS, MUD DAY, flottent élégamment sur leurs hanches fines quand ils la doublent.

Sara jette un coup d'œil sur ses baskets à moitié trouées. Titus aime trop jouer avec, et elle n'a pas les moyens de s'en racheter une paire. Titus. Voilà le dernier changement majeur dans son quotidien. Le staffie est arrivé dans sa vie il y a cinq ans, quand elle a quitté Ludo, son ancien coach. Elle a gagné au change, pas de doute.

Elle regarde son chien qui court à côté d'elle, l'air insouciant, langue pendante. Voilà, ça a été ça, le dernier gros changement dans sa vie. Pour le reste, elle déroule. Sara a prévu de passer chez sa mère après, elle ne veut pas arriver trop tard. Elle sort son portable pour vérifier l'heure. Elle voit un appel en absence de son oncle Filipe. Les pulsions de son cœur accélèrent. Elle range le téléphone dans sa poche. La laisse se tend. Le chien perçoit le changement d'allure de sa maîtresse. Sara a le souffle coupé, elle devine le point de côté qui arrive, elle essaie de se concentrer sur sa respiration. Inspirer. Expirer. Ne pas paniquer. Cette fois, elle sent l'appareil vibrer contre sa cuisse. Elle s'arrête. Le sort. Voit le numéro de Joh s'afficher. Ouf. Elle respire à nouveau, met ses écouteurs sans fil et décroche en se remettant à trottiner.

– Je te dérange ? T'as l'air essoufflée, ma vieille.

En entendant la voix de son coach, Sara s'apaise.

– Je fais une sortie longue là. Y a quoi ?

S'il appelle à cette heure, un dimanche, il a quelque chose à lui demander, c'est sûr.

– Tu fais quoi ce mercredi à 19 heures ? Et les deux semaines suivantes ?

Sara laisse un temps. Elle voit le truc arriver sur elle.

– Vas-y, balance.

– J'ai besoin de quelqu'un pour remplacer la prof du cours de MMA Girls jusqu'à la fin du mois.

– T'es relou. T'as personne d'autre ?

– De dispo là, non. Elle a une urgence, un bail de famille.

– Pfffff.

Sara soupire ostensiblement dans le micro de ses écouteurs.

– Allez, ma Sara, c'est juste pour trois semaines, trois séances. C'est rien.

Elle cherche une excuse. Elle n'en a pas. Joh sait très bien qu'elle passe sa vie entre son boulot, le club et les sorties avec son chien. Elle a les diplômes pour enseigner. Ça lui arrive régulièrement de dépanner pour remplacer un coach absent. Mais le cours des filles, ça ne l'intéresse pas. Quand Joh a ouvert la section féminine il y a deux ans et lui a proposé de l'encadrer, elle a été catégorique : qu'il trouve quelqu'un d'autre.

– Alors c'est bon ? Tu peux me dépanner ?

Joh a sorti sa voix la plus mielleuse. Impossible de lui refuser un service.

– D'accord mais juste ces trois séances, pas plus, OK ?

NORA « WONDER »

J'ai toujours été bagarreuse,
depuis petite.

Mais on va dire les choses comme elles sont,
pendant longtemps, le MMA ça a été pour des mauvaises raisons –
ça a été pour,
disons,
être au contact avec la douleur,
voilà.

Tu existes parce que tu ressens des choses
et donc tu existes parce que tu ressens la douleur.

« J'ai mal donc j'existe. »

Mais en fait,
c'est quelque chose que j'apprends encore,
tu peux exister et ressentir aussi par la douceur.

Sa mère dépose un verre d'eau sur la toile cirée parsemée de fleurs jaunes et vertes. Elle ordonne :

– Bois.

Sara attrape le verre.

– Tu veux manger quoi ?

Sara :

– Rien, t'inquiète.

– Pourquoi tu as pas appelé avant de venir. J'aurais fait des courses. Tu veux que j'aille acheter du *bife?*

Sara fait non de la tête.

– Tu es toute maigre *minha filha* avec ton sport, il faut que tu manges. Il y a de la *sopinha*, tu veux ? Du *caldo verde*, comme tu aimes. Avec du chou que m'a donné la voisine. Tu te souviens, petite tu réclamais à chaque fois à *vovó* qu'elle t'en fasse. Tu disais comme ça, « je veux la *sopinha* de *vovó* ». Alors, tu en veux ?

Sara hésite.

– *Filha*, je comprends pas pourquoi tu fais ce sport, regarde-toi, ton œil noir, ton pantalon, c'est pas des habits ça, on dirait un petit garçon, *qué triste*, pourquoi tu as rasé les cheveux sur le côté? C'était hier ton combat? Mais tu as une bosse là aussi, *seu lindo rosto* et tu l'abîmes, t'en as pas marre, comment tu vas trouver un garçon tout abîmée comme ça, si *vovó* te voyait. Bon, je vais te réchauffer de la *sopinha*.

Sara observe sa mère sans rien dire, elle attend qu'elle finisse son monologue. Elle la regarde se mouvoir dans la minuscule cuisine, s'agiter de l'évier au frigo, du four à la fenêtre qui donne sur la cour de l'immeuble, dans la robe noire qu'elle porte depuis que *vovó*, la grand-mère, est morte. Elle s'agite comme ça éternellement pour les autres, un peu plus lentement désormais, un peu plus courbée, toujours aussi maigre.

Sara est passée directement après sa course sur le canal, c'était sur son chemin. Elle est venue avec une question qui lui brûle les lèvres mais qu'elle n'ose pas encore poser. Elle espère que sa mère prenne les devants et mette le sujet sur la table. Elle se dit ça mais elle sait très bien que ça n'arrivera pas. On ne parle pas des sujets qui fâchent dans cette cuisine. On nourrit ses enfants, on range, on fait le ménage, on essaie de joindre les deux bouts, c'est tout, la vie est suffisamment *complicada*, on ne va pas faire des histoires en plus, on attend que ça passe sans faire de vagues. Sara regarde sa mère qu'elle aime tant mais dont elle se sent si loin parfois. Elle la voit qui fouille fébrilement dans le frigo, en sort divers petits paquets enrobés de papier rose clair de la boucherie du bout de la rue. « Tu as de la chance, il me reste de la *linguiça* ». Elle pose un emballage rose devant Sara en signe de victoire, attrape derrière la porte de la cuisine son tablier noir avec écrit en lettres rouges MELHOR COZINHEIRA, offert par Tiago à un anniversaire. Elle le serre autour de sa taille et se met devant le plan de travail. Sara s'était énervée contre son grand frère en voyant le cadeau : « *Mãe* va pas passer sa vie à nous faire à manger. » Leur mère l'avait défendu : « Laisse-le, si j'aime cuisiner pour vous ! » Travailler, cuisiner, ranger, laver, s'occuper des autres, ça avait été sa vie depuis toujours. Même depuis la retraite, elle continuait à s'agiter à droite à gauche, à récupérer les clés des voisins, garder les enfants après l'école, recevoir les colis des absents, offrir ses pâtisseries dans tout l'immeuble.

Sara s'était choisi un autre chemin, si loin de ce quotidien qu'elle avait fini par se sentir étrangère à sa propre famille. Régulièrement, elle se trouvait des excuses pour éviter les repas du dimanche et de fête. Pas parce qu'elle ne voulait pas les voir, mais parce qu'elle en avait marre des questions qui n'avaient pas de réponse. Les « encore au régime ? », « t'en as pas marre de passer tout ton temps au sport », « les amours ? », « et toi, c'est pour quand ? ». Ses choix de vie, ses entraînements, ses sacrifices, ils n'y comprenaient rien. Au moins, depuis un ou deux ans, sa mère ne lui parlait plus de maternité et de petits-enfants. Elle avait fini par se résigner. Sara aussi.

Sa mère remue la soupe sans rien dire. Elle aimait beaucoup Ludo, elle en a voulu à Sara de l'avoir quitté. Elle n'en a pas compris les raisons. Pour elle, les hommes sont comme ça, la vie c'est comme ça, il vaut parfois mieux fermer les yeux que se retrouver seule. Elle était triste pour lui, pour eux, pour son rêve que sa fille fonde une famille. Les deux femmes n'en parlent plus maintenant. Elles ne se parlent plus de grand-chose. Sara jette un coup d'œil sur Titus, qui somnole sagement près de la porte d'entrée malgré les odeurs alléchantes. Il sait qu'il n'a pas le droit d'entrer dans l'espace sacré de la cuisine de *mãe*.

«*Aqui, o broa.*» Sa mère pose devant Sara un pain de maïs et un bol de soupe. «Je te fais des œufs avec?» Sara acquiesce. L'odeur de la soupe commence à monter dans la pièce et elle se sent projetée dans l'enfance avec sa grand-mère, toutes ses soirées et ses week-ends, parce que *pai* et *mãe* travaillent et que son frère et son cousin sont dehors. Sa *vovó* qui chante en préparant à manger et lui parle en portugais, même si la petite fille répond en français et qu'aucune des deux ne parle vraiment la langue de l'autre. Elles communiquent comme ça, avec la musique, avec la nourriture, avec les gestes. Jusqu'à ses 10 ou 11 ans, Sara rêvait de passer toute sa vie dans la cuisine avec sa grand-mère à écouter la radio et à chanter des chansons sans les comprendre. Et à manger, bien sûr, manger les plats délicieux mijotés avec amour. À cette époque, le paradis pour elle tient dans ces deux mètres carrés. Après l'école, elle fait ses devoirs sur un bout de la table en buvant son chocolat chaud et en savourant les pâtisseries qui sortent du four.

Et puis un jour, *pai* revient à la maison avec trois doigts coupés. Un coup de scie à onglet qui dérape, un chantier non déclaré, un salaire en moins. Sara a

12 ans. Tout ce qu'elle comprend, c'est que son père a mal et qu'il est triste, que c'est pour ça qu'il est un peu méchant avec *mãe* parfois, qu'il faut l'excuser. On lui explique que *vovó* doit aider maman avec le ménage de l'immeuble et le travail. « *Vovó* n'a plus le temps de s'occuper de toi, Sara, tu comprends ? » Dans la cuisine, la radio cesse de jouer, le frigo est souvent vide, le four éteint et le silence de la maison n'est plus brisé que par quelques grognements venant de la chambre où son père passe ses journées allongé.

Alors Sara passe sous la responsabilité de Tiago, son grand frère tout juste majeur, et de João, leur cousin. Les garçons l'emmènent au foot et la laisse sur le banc. Assez vite, elle en a marre d'être sur la touche. Ils la charrient quand elle commence à jouer avec eux. Elle ne lâche pas, y prend goût et développe un certain talent. La petite court vite et n'a pas peur de rentrer dans des gaillards qui ont quatre ou cinq ans de plus. Bientôt, même les rares fois où sa grand-mère est à la maison en train de cuisiner avec la radio comme avant, Sara préfère aller au stade. Elle est une des seules filles qui ose s'aventurer sur le terrain plutôt que de rester dans les gradins. Au milieu des grands, elle finit par se faire une place. Sa place. Les jeux de filles, les habits de filles, les musiques de filles, ça commence à l'ennuyer. De toute façon, les filles, c'est nul. Elle, elle veut jouer dehors et faire ce qu'elle veut sans faire attention à salir sa jupe ou à se décoiffer, sans avoir d'heure pour rentrer, sans avoir peur. Elle veut être libre. Comme les garçons.

Sans s'en rendre compte, Sara passe comme ça du cocon de la cuisine des femmes, celui qui sent un mélange de cannelle, de plats en sauce et de javel, à l'espace du dehors, l'espace des mecs, celui où il faut parler fort et pas se laisser faire. Sa mère n'a pas le temps de remarquer que sa fille change. Elle est trop occupée à faire des heures supplémentaires, en attendant que son mari trouve autre chose, quelque chose qu'un homme puisse faire avec une main estropiée, sa force de travail et sa dignité amputées. Il faut bien travailler à l'école, lui répète en boucle *mãe*, avoir des bonnes notes et être sérieuse, tout faire « pour ne pas finir comme eux ».

– Ton nouveau travail, ça va ?

La voix de sa mère ramène Sara dans le petit trois-pièces en rez-de-chaussée du HLM où elle a passé ses dix-huit premières années.

– Oui, ça va, l'équipe est sympa. C'est tranquille, tu sais, je suis assise toute la journée, j'ai pas grand-chose à faire.

Sara a trouvé ce poste de contractuelle sur recommandation de la voisine, qui travaille à la mairie. *Mãe* est très fière : sa fille dans une médiathèque, avec des livres ! La voisine leur a expliqué qu'elle pourra même passer un concours pour devenir fonctionnaire. La sécurité garantie. Pour Sara, c'est surtout le bénéfice d'avoir des horaires réduits et d'être moins fatiguée aux entraînements. Son principal souci, c'est qu'avec un poste à l'accueil, elle doit quitter son jogging pour une tenue « sérieuse ». Elle a acheté un pantalon noir et une chemise blanche – sa première – pour l'occasion.

Sa mère se penche au-dessus de la poêle où sont en train de frire deux œufs. Dans la cour de l'immeuble, des gamins jouent au foot. Sur les bancs autour, des adolescentes s'agitent devant un téléphone. Depuis une fenêtre, une femme appelle son enfant à table. Des ados sont posés sur un scoot et fument des clopes.

Avec une mère concierge, Sara est connue dans le quartier même si elle habite de l'autre côté de la ville désormais. Sa réputation la précède. L'autre jour, un petit a essayé de l'embrouiller quand elle traversait la cour. Ses copains l'ont vite calmé. « Arrête, t'es un fou », « c'est Sara », « la fille de la concierge », « une combattante de MMA », « wallah, jure ? ». Sara est passée à côté du groupe en prenant un air méchant. À l'intérieur, elle était morte de rire.

– Tu manges pas ?

Sara fixe le bol de soupe encore plein et les œufs fumants dans l'assiette que sa mère a déposée devant elle. Elle sait qu'elle attend qu'elle prenne sa fourchette, son couteau, et qu'elle mange. Mais Sara est venue lui poser une question qui reste bloquée en travers de sa gorge. Impossible de rien avaler tant qu'elle n'est pas sortie. Il faut qu'elle trouve le courage. Elle inspire un grand coup :

– Tu es au courant ? Pour papa ?

Silence.

Sa mère se tourne vers l'évier, enfile ses gants en plastique jaune sur ses mains ridées, attrape la poêle vide et commence à la laver. On n'entend plus que le bruit de l'eau qui coule. Sara, dans son dos, l'observe sans toucher à son repas. Au bout d'un long moment, sa mère répond :

– Oui. Mange. Ça va être froid.

Sara ne mange pas.

– Pourquoi tu ne m'as pas prévenue ?

– Tu as dit que tu voulais rien savoir de lui.

– C'est vrai. Mais là... C'est différent...

– Qui te l'a dit ?

– Tonton Filipe.

– Tu vas aller le voir ?

– Non.

– *Então*... Pourquoi tu demandes ?

– J'ai le droit de savoir, non ?

Oui, elle a le droit de savoir mais qu'est-ce que ça change ? Bien sûr que sa mère est au courant. Même s'ils n'habitent plus ensemble, celle-ci continue à voir son père et à s'occuper de lui régulièrement. Elle l'a aidé à trouver un logement dans l'immeuble voisin. Très souvent, il vient à la maison pour manger. Sinon, elle lui apporte des Tupperware.

– J'ai jamais compris pourquoi vous vous parlez plus.

Sara plante sa cuillère dans la soupe, tranche un bout de pain, ouvre la bouche, mâche, sans faire attention au goût du repas préparé pour elle. Elle sent la colère qui gronde dans son ventre. La colère et un peu de tristesse. C'est désagréable, la tristesse. Elle se lève, ouvre le frigo, attrape un Coca. La boisson lui desserre la gorge. Elle articule :

– Il va s'en sortir ?

Sa mère se retourne vers elle, les gants en plastique jaunes sur les mains, qui gouttent au-dessus du sol. Elle s'essuie sur le COZINHEIRA effacé de son tablier. Peut-être que c'est celle-ci, la vraie question qui brûle la gorge de Sara depuis le début.

– Oui.

Un temps. La poitrine de Sara se relâche.

– Il ne bouge plus tout le côté du visage. Un côté du corps. Le bras. Il n'arrive presque pas à parler. Mais il va s'en sortir.

Elle ajoute :

– Il veut te voir.

– Je sais.

– Tu peux dire à Tiago ou tonton Filipe de t'emmener.

– Tiago est au courant alors ? Il ne m'a rien dit.

Sa mère hausse les épaules puis replonge ses mains gantées dans la vaisselle. Que sa fille ne parle plus à son propre père, ça la dépasse.

– C'était délicieux.

Sara a un goût amer dans la bouche et comme des aigreurs d'estomac. Elle n'arrive plus à avaler. Elle sait que sa mère va lui reprocher de ne pas avoir fini puis insister pour qu'elle emporte le reste dans un Tupperware. Elle a un placard entier pour les Tupperware. Elle lui demandera de le lui ramener la prochaine fois. Et Sara le ramènera, puis repartira avec un autre. C'est comme ça qu'on s'aime, quand on n'a pas appris à se le dire.

ADAM « LE FUTUR »

On fait pas ça pour taper,
c'est beaucoup plus que ça.
Taper, taper,
c'est les gens qui n'y connaissent rien qui voient que ça.

C'est trop dur ce qu'on fait là –

C'est la discipline, le cadre,
appliquer ce qu'on sait faire,
c'est des notions de dépassement de soi,
d'avoir une routine de vie,
c'est ça qu'on vient chercher.

Un endroit où tu progresses chaque jour ;
et plus tu avances, plus tu te dépasses, plus tu as envie
de tester la limite suivante.

Emmitouflée dans son sweat, Sara tire la chaise en bois devant la table du Narval'Ô et s'assoit au bout de la terrasse avec vue sur le comptoir. Elle salue Karim à travers la vitre et lui commande un café et un verre d'eau. Un rayon de soleil vient taper contre la table et la réchauffe.

Elle n'a pas pris le temps de se changer après son run ce midi et le repas chez sa mère. Les vêtements humides de transpiration lui collent à la peau. Elle frissonne. Elle vient souvent le dimanche chez Karim, elle reste une heure ou deux, à scroller sur son téléphone et à regarder les gens passer. Depuis que le patron du PMU a appris que les combats de Sara étaient diffusés à la télé, il répand l'info avec fierté. Quand ça s'est su chez les habitués qu'elle faisait du MMA, elle a eu droit aux remarques classiques, « ah bah toi, faut pas t'emmerder », « si j'ai une embrouille, je t'appelle », « y a des femmes qui font ça ? » ou le fameux « ton mec, il doit pas rigoler à la maison». Ça fait des années qu'elle ne perd plus son temps à répondre.

«Ta fille, elle tape sur des gens dans une cage?» Sara porte la tasse de café à ses lèvres. «Mais pourquoi elle fait ça?» Elle repense à cette question de la voisine, que sa mère lui a rapportée. «Je lui réponds quoi, moi?» C'est vrai, pourquoi elle fait ça? Elle aurait aimé citer Francis Ngannou: «Je tape les gens pour vivre.» Mais la vérité, c'est que contrairement au combattant camerounais, elle n'en vit même pas. Alors à quoi bon? Toute la semaine, elle ira s'entraîner. Le soir, elle sortira Titus, mangera, se couchera tôt, le samedi, elle ira au sparring, le dimanche, courir. Sa réalité à elle, c'est ça. Les entraînements matin et soir, qu'elle soit fatiguée, blessée, qu'il fasse froid, qu'il fasse chaud, vacances ou pas, les blessures, les rééducations, les pertes de poids, et au final, les primes de combat qui sont très loin de la faire vivre. Dans son entourage, à part les autres combattants, qui peut comprendre qu'elle y retourne?

Bien sûr qu'ils ne comprennent pas.

Sara observe au bout du comptoir les gars qui zonent en grattant des tickets de Loto jamais gagnants. Il y aussi celles et ceux qui passent acheter des clopes à l'unité ou se réchauffer devant un café, debout, en attendant l'heure d'aller ne rien faire ailleurs. Dans la rue, elle voit passer mamans et enfants qui reviennent du Lidl, caddies remplis des courses de la semaine en fonction des promos. Dans l'immeuble en face, une vieille qui ne sort plus de chez elle et qui arrose les plantes en plastique sur son balcon en parlant toute seule. À côté du distributeur de billets, Dani, qui fait la manche au même endroit depuis toujours. Certaines choses ne changent pas dans son quartier malgré les années qui passent.

À la médiathèque, elle voit passer d'autres têtes, c'est différent. Il y a bien quelques assistantes maternelles qui poussent timidement la porte pour accompagner les enfants des écoles voisines, mais pour le reste, elle voit surtout défiler ces jeunes couples fraîchement installés dans les écoquartiers neufs, qui garent devant l'entrée leurs vélos électriques sur lesquels s'entassent leurs paniers bios et leurs enfants blonds.

Taper sur des gens ? Bien sûr qu'elle ne fait pas ça pour ça. Sara pense à la fierté d'avoir le bras levé par l'arbitre quand on gagne. Un sentiment d'accomplissement, de dignité regagnée, la sensation d'exister. Une sensation indicible qu'elle n'a pas goûtée vendredi. Rien que d'y songer, ça lui fout un coup. Ce black-out. Et avec lui, le sentiment d'avoir touché le fond. Comment on remonte la pente après ça, comment on *reset* la machine ? Sara joue mécaniquement avec son téléphone sur la table. Est-ce qu'un AVC ça fait le même effet, ce noir total de quelques secondes ? Ce qui est sûr, c'est que les plus grandes violences se passent de coups.

– T'as regardé le dernier UFC ?

Karim vient débarrasser. Souvent, ils débriefent ensemble des combats de l'Ultimate Fighting Championship, la plus grosse ligue mondiale de MMA, diffusés durant le week-end. Le patron n'y connaissait pas grand-chose avant que Sara n'emménage dans le quartier et qu'elle vienne le dimanche au PMU. C'est avec elle qu'il a commencé à comprendre qu'il y avait différentes ligues privées de MMA plus ou moins connues, chacune avec leurs ceintures et leurs champions, chacune avec leurs logiques sportives et médiatiques. Elle lui avait expliqué aussi les différentes catégories de poids, la différence entre le circuit fédéral amateur et les carrières professionnelles, et surtout la différence entre ceux qui brillent à l'écran et ceux qui luttent dans l'ombre.

– Non pas vraiment. Ça a donné quoi ?

Elle était tellement occupée à ruminer sa défaite et à se tenir loin des réseaux et des commentaires qui vont avec qu'elle n'a pas suivi les résultats des combats qui ont eu lieu à Las Vegas dans la nuit.

– Incroyable le *main event* ! T'as pas vu la vidéo du KO de Pereira ? Ça a tourné partout.

Sara ne dit rien. On admire les vainqueurs. On regarder tomber les perdants. C'est comme ça.

– Dommage pour vendredi, glisse Karim en amorçant son demi-tour vers l'intérieur du bar. C'est pour moi le café. Et la prochaine victoire, c'est pour toi.

MALICK

Mon coach, c'est la personne qui a changé ma vie, qui un jour a cru en moi et qui a fait de moi le combattant et l'homme que je suis.

19 h ce soir, c'est toujours bon pour toi ?

Sara lève le nez de son ordinateur en découvrant le message de Joh. Elle a complètement oublié cette histoire de cours MMA Girls les mercredis. Elle se met aussitôt à angoisser. Il va falloir qu'elle pense à s'adapter, faire quelque chose de simple, ne pas les brusquer – « pas de bagarre, a dit Joh, elles sont débutantes ». Elles n'ont qu'à faire du cardio boxing, pense Sara, si elles ont peur des vrais coups.

Elle a toujours été la seule combattante pro du club. Elle a l'habitude d'être l'unique femme parmi les hommes. C'est sûr que pour les entraînements, c'est plus compliqué, il y a la différence de poids et de force qui joue. Mais on s'adapte.

Devant les portes automatiques de l'entrée de la médiathèque se tient sa responsable, en tailleur, cheveux blonds tirés en arrière, son mascara noir appliqué en petits pâtés sur des cils trop fins. Elle parle avec la chargée du rayon BD & Jeunesse, une petite Blanche potelée, cheveux bruns et lisses coupés en carré plongeant, des boucles d'oreilles rose pétant assorties à son chemisier. Comment font les autres femmes ? Sara a perpétuellement les cheveux emmêlés à cause des entraînements. Elle a du mal à quitter ses survêtements, à se maquiller ou mettre des bijoux ; si c'est pour devoir tout enlever en arrivant au club à chaque fois… Elle ne sait pas faire et elle n'en ressent pas le besoin.

Son téléphone vibre à nouveau.

Je compte sur toi, me lâche pas !

Elle répond.

Je serai là

Joh sait décidément comment lui mettre la pression.

*

Sara suit du regard les jeunes femmes qui courent en rond autour d'elle sur le tatami rouge. Elles sont une vingtaine, de tous les âges et de tous les profils. Il y a un petit groupe de régulières et une nouvelle qui vient en séance d'essai ce soir. « Tu leur fais pas peur, OK ? » s'est assuré Joh. Sara a répondu en grognant.

« À mon top, montée de genoux. TOP. Talons-fesses. TOP. Montée de genoux. » Elle donne ses consignes d'une voix sévère. Elle n'a pas envie d'être là et elle ne compte pas leur faire de cadeaux. Heureusement qu'elle enchaîne avec son entraînement, elle va pouvoir se défouler après. « TOP. Talons-fesses. » Elle pense à Titus, qu'elle n'a pas pu sortir pour sa promenade de 18 heures, il doit être fou. « TOP. Flexion-extension. » Sara ne connaît pas ces filles, elle ne les croise jamais d'habitude ou bien ne leur prête pas attention. « TOP. Flexion-extension. TOP. On est pas là pour discuter. » Ces deux-là qui gloussent depuis le début de l'échauffement, ça ne va pas être possible. « TOP. Pas chassés face au centre. » Elle repère très vite à leur manière de se mouvoir dans l'espace celles qui débutent et celles qui ont un peu plus d'expérience. « TOP. Pas chassés face au mur. » Elle n'a pas demandé les noms des inscrites, de toute façon, elle sait qu'elle va les oublier à la fin du mois. Sara sent le regard de Joh dans son dos. « TOP. On court normal. » Tant pis si elle leur fait peur, on n'est pas là pour rigoler. La bagarre, c'est un jeu très sérieux.

– Allez boire et équipez-vous.

Sara s'installe au centre et fait signe à une jeune femme très grande, mince avec une longue natte, de la rejoindre pour montrer la technique du jour. « Gauche, droite, crochet. » Quelque chose de simple pour commencer. Les duos se forment et se mettent à travailler. Elles sont en nombre impair. Près des sacs de frappe, une ado aux cheveux noirs est restée toute seule. Une débutante, ça se voit.

L'adolescente envoie ses poings sur le sac sans bouger le reste du corps. Sara s'approche du punching-ball.

– C'est toi le cours d'essai ? Regarde.

Elle commence par le bras avant, le jab, la base. Travailler ses appuis, sa distance. « Passe bien l'épaule. Et la hanche. Voilà. Fais juste ça pour l'instant. Gauche, droite. » Sara explique. La jeune fille essaie de reproduire les gestes. C'est maladroit, hésitant. Mais la coach voit dans ses yeux qu'elle prend la chose au sérieux. C'est le plus important.

Elle regarde l'horloge au mur entre les portraits de Papi et Joh. Ça passe vite une heure en fait. Ça bosse pas si mal, elle est surprise. En tout cas, elles écoutent et certaines ont l'air d'avoir envie. Sara a une idée. Elle part régler le chrono.

– On va faire un petit entraînement fractionné pour finir.

Celles qui savent de quoi il s'agit grimacent aussitôt.

C'est parti pour huit minutes d'entraînement à haute intensité.

– Je veux voir de quoi vous êtes capables.

À la fin du cours, certaines sont affalées par terre, d'autres marchent en reprenant leur souffle, d'autres encore sont appuyées debout contre le mur ou assises contre la cage, le regard vide. Elles sont lessivées, mais en partant, elles viennent remercier Sara pour la séance. Elle a été plus dure que prévu. Enfin, exigeante. Et les gamines ne l'ont pas déçue.

Alors qu'elle descend s'entraîner à son tour, Sara se retrouve nez à nez avec la fille aux longs cheveux noirs qui venait faire une séance d'essai. Dans les escaliers, la petite s'arrête pour lui dire « merci » en rougissant et en la dévisageant avec de grands yeux pleins d'admiration. Puis elle détale.

Tant mieux. Sara n'aurait pas su quoi répondre.

*

En marchant dans les rues qui la ramènent chez elle, Amandine n'arrête pas de se faire des reproches. Pourquoi est-ce qu'elle a dit « merci » comme ça à la prof en partant ? Elle a dû la trouver bizarre ou débile, ça n'a pas de sens, juste dire « merci » comme ça et partir en courant. Avant de venir tester le cours de MMA Girls, Amandine a passé du temps sur les réseaux du club. Elle est tombée sur des photos et des vidéos de Sara « The Anaconda » Ferreira. Elle a été voir des extraits de ses combats. C'était impressionnant. Alors de la voir en vrai ce mercredi soir à son cours d'essai, ça lui a fait quelque chose. Sa manière de marcher, de se déplacer, de parler. Elle a du charisme, une aura. Amandine rêve d'avoir un jour la même assurance.

La jeune fille marche vite mais une fois devant la porte de son immeuble, elle ne s'arrête pas, elle se sent trop agitée par toutes les émotions de la soirée, elle a besoin de se calmer. Elle continue jusqu'au parc, fait trois tours, rapidement, perdue dans ses pensées, sans faire attention aux passants. La nuit tombe déjà mais elle n'est pas pressée de rentrer, de s'asseoir à la table du dîner avec ses parents et de ne pas savoir comment leur expliquer tout ce qu'elle ressent dans sa tête et dans son corps. Elle a mal partout, elle se doute que les courbatures arriveront dès le lendemain sur ses muscles qui ont perdu l'habitude de l'effort. Ce n'est pas grave. Elle marche avec agitation et elle sourit. Elle ne le fait pas exprès, c'est sa bouche, c'est comme ça, ses pommettes qui montent, les lèvres qui s'étirent, les yeux qui se plissent, elle n'arrive pas à se contrôler. Elle sourit. Elle se sent exister. Elle a hâte d'y retourner.

LÉNA « LA GUERRIÈRE »

C'est l'histoire de ma vie de vouloir battre les mecs.
De vouloir prouver.

Jamais je leur montrerai que j'ai mal.
Je veux qu'ils voient que les femmes peuvent boxer.
Qu'ils se disent que je suis une dure,
que je suis méchante.

C'est mon moteur –
prouver.

Sara a troqué sa tenue de prof pour celle d'élève. En redescendant dans la salle, elle trouve Papi à sa place habituelle, adossé au mur, sous son portrait, les bras croisés. C'est l'heure du cours des compétiteurs. Sara se pose à côté de lui sans un mot. Elle sort ses bandes de boxe, commence à les enrouler en gestes précis et rapides, toujours les mêmes, d'abord les phalanges, puis entre chaque doigt, puis la paume et le poignet en serrant. En quelques secondes, elle a fini avec la main gauche, pour la droite c'est plus compliqué. La bande lui échappe, roule à ses pieds. Elle soupire. Papi attrape le tissu imprimé camouflage : « Donne. » Sara tend la main, paume en direction du sol, écarte les doigts. Avec douceur, le coach enveloppe ses articulations. « C'est bon. » Sara remue les doigts. Elle a envie de taper. Cogner. Évacuer. « Tu y vas doucement, pas de frappe au visage ce mois-ci, tu te souviens ? » rappelle Papi. C'est son premier entraînement depuis la défaite. Sara acquiesce. Les autres commencent à arriver. Chris, Moussa, Souhil, Ilyès, Soso. Un à un, ils saluent Papi et Sara.

« Déjà de retour ? » s'étonne Chris. À part lui, elle préfèrerait n'avoir à checker personne, éviter les questions et se cacher au fond d'un trou. Bien sûr qu'ils sont tous au courant, ils étaient dans la salle ou devant leur écran vendredi dernier. Elle a l'impression que l'échec est comme une cicatrice sur son front désormais. Mais qui d'entre eux n'en a jamais connu ? « Le seul vrai échec, c'est d'abandonner. » Alors on se relève et on recommence, c'est tout.

*

Allez debout
on se relève
ça repart
on travaille les gars

Moussa rentre ton bras qui est derrière voilà pousse pousse tire pousse pousse crochète la jambe crochetage là allez bras avant fort fort pousse dans la cage Souhil t'es loin il faut que tu rentres non t'es trop court là y a la tête y a le corps crée de l'incertitude attitude attitude bam bam bam restez concentrés les gars ouais Sara la spéciale ça passe trente secondes allez allez Soso t'as le triangle là Ilyès on se relève allez c'est bien ça Chris lève les mains attitude dix secondes t'as la main droite un peu basse oui encore allez c'est bien ça c'est propre très propre relâché précision Moussa parfois y a des baisses de concentration dans le relâchement attention dernier round une minute à chaque fois non-stop ground and pound deux par deux c'est parti ça repart Soso allez bam bam bam tête corps tête corps un deux trois plus haut tes bras tire loin merci pas des petits coups voilà marteau marteau allez avec les hanches voilà grands bras marteau davaï on change tout de suite on est parti on bouge crée du mouvement tire pousse tire pousse Souhil attrape sa cheville quand tu pousses là allez dans la garde passe la garde pas comme ça Chris j'aime pas ça tu tiens pas sur tes jambes tu vas tomber quinze secondes ça va sonner allez on rechange tout de suite tout de suite allez c'est parti bam bam bam allez

davaï davaï

c'est parti

bam bam bam

allez allez

Sara entend la voix de Papi comme une musique qui passe dans son corps et son corps réagit, quand il dit « plus haut », elle fait plus haut, quand il dit « décale », elle décale, « monte ta garde », elle lève les bras, gauche, droite, descend, avance, recule, elle ne réfléchit pas. Ce soir, c'est fluide. Un état de *flow*. Parfois ça ne marche pas, parfois, elle déconnecte. Pendant le combat, ça n'a pas marché, cette fusion qu'elle peut ressentir avec la voix de ses coachs, comme si tout était aligné.

Papi lui a dit un jour : « Il faut être à la fois très intelligent et très con dans ce sport. » Très intelligent parce qu'il faut connaître tout son arsenal technique, anticiper, devancer les réactions, c'est comme un jeu d'échecs, tu as ta stratégie, ton *game plan* à mettre en place. Mais aussi très con parce qu'à un moment, il faut pas trop réfléchir non plus, l'autre va dérouler alors il faut y aller, rentrer dedans, savoir être bourrin également. Parfois c'est la technique qui te sauve, parfois c'est la force.

Bam bam bam

L'espace de une heure et demie ce soir, Sara oublie le goût de la défaite. Tout s'évacue en transpiration, en corps-à-corps et en frappes. *Davaï davaï.* Le travail, le charbon, la guerre. On dit ces mots-là, ces mots durs mais qu'est-ce qu'on aime ça. Ici c'est chez elle. C'est le présent. Elle ne pense à rien d'autre. Pas de regrets, pas de liste de courses, de comptes à rendre, de questions en attente de réponses, de retraite à l'horizon. Quand sonne la fin, elle est épuisée et heureuse. L'entraînement s'arrête dans un mélange de respirations bruyantes, de jurons, de rires et de sueur qui sort en vapeur au-dessus des têtes. On lève les bras. On est venu s'entraîner, on a tout donné, on a déjà gagné.

Sara revient se poser contre le mur, à côté de Papi. Assise, en sueur, elle enlève ses bandes en silence. Chacun remballe ses affaires avant de rentrer chez soi. On se salue, on se remercie. Chris, Soso, Ilyès, Moussa, Souhil et tous les autres, toutes les semaines, depuis des années, ils sont là. Ses gars sûrs. Son équipe. Toutes ces heures passées ensemble sur le tatami et en dehors, à traverser les épreuves. C'est plus qu'une famille.

Sara voudrait reparler du combat à son coach, du KO, demander s'il a déjà connu ça et comment on en revient, comment ne pas craindre le mauvais coup après, parce que ce sont les histoires qu'elle a entendues. Mais elle n'est pas bien sûre. Quand elle ferme les yeux, il y a bien un trou noir. Mais au fond, tout au fond, ce qu'elle voit ce n'est pas la crainte du coup de coude qui éteint, c'est l'ombre de son père dans un lit d'hôpital.

– Il s'est passé quoi vendredi ? Chris est debout devant eux. T'aurais pu l'avoir. C'est comme si t'avais lâché avant la fin. Pourquoi ?

Sara lève les yeux vers son ami. À côté d'elle, le coach réagit :

– Elle était pas dedans, notre petite. Elle était pas : là.

Il pointe la tête de Sara de son index.

Oui, elle le sait. Elle n'avait pas la tête dans son combat.

CHAÏ

T'es concentrée dans ton truc,
t'es dans le moment même,
c'est ça que je kiffe :
c'est le moment où tu es là et tu penses plus à rien,
tu te défoules,
tu oublies tout ce qui se passe autour.

En général, Sara emmène Titus au parc du bout de la rue les soirs de semaine, celui avec la vue sur Paris et les grues. Mais cette fois, malgré la fraîcheur de l'automne qui arrive, elle a envie de pousser un peu plus loin leur promenade, marcher encore. Avant de sortir, elle a passé du temps sur Google à chercher: «AVC conséquences», «AVC mortalité». Mauvaise idée. Toutes ces infos et les sentiments de ces derniers jours, elle ne sait pas bien quoi en faire. Elle n'a plus l'habitude de ressentir des choses. Des émotions. Elle s'est blindée ces dernières années. Une armure épaisse. En principe, rien ne l'atteint. Mais sa défaite dans la cage lui a prouvé le contraire. Il y a une faille dans sa cuirasse. Comment la réparer?

Sara dépasse le caniparc et continue son chemin. Elle marche jusqu'au canal, remonte le quai et se mêle aux promeneurs et aux joggeurs du soir. Tous ces gens qui ont l'air de savoir où ils vont. Même si sa ville ressemble à un monstre en mutation, elle ne se voit pas vivre ailleurs. Ce paysage de béton essaimé de quelques arbres, c'est pas le plus joli, c'est sûr, c'est pas les beaux quartiers de Paris, mais c'est sa ville, celle qui l'a vue grandir. Ici, elle a tous ses repères, ses habitudes, son café, son boulot, sa mère, ses amis et l'Alpha Team. Tout est là. Elle n'a besoin de rien de plus.

Arrivée au bout du quai, Sara décide de bifurquer à droite au lieu de prendre l'avenue pour rentrer chez elle. C'est un léger détour. Un chemin qu'elle connaît bien cependant pour l'avoir emprunté toute sa jeunesse. Elle reconnaît sur la route la supérette indienne, la boucherie halal, le petit square avec deux bancs et un toboggan rouillé et, au loin, les barres d'immeubles qui cernent le Boxing Club. La salle où elle a découvert la boxe anglaise quand elle avait 15 ans.

Ça fait une éternité qu'elle n'est pas repassée devant. Après des débuts prometteurs dans le noble art et un parcours qui aurait pu la mener jusqu'en équipe nationale, elle avait finalement perdu dès le premier tour aux championnats de France la veille de ses 18 ans. Après ça, elle avait quitté le domicile familial, déménagé de l'autre côté de la ville, enchaîné les CDD mal payés, les histoires d'amour ratées, les matchs de foot du dimanche. Elle avait laissé la boxe de côté.

C'est Chris qui avait réussi à la convaincre de venir tester le MMA. Lui qu'elle avait connu dans les crissements des chaussures sur le sol du Boxing Club à l'adolescence. Ils s'étaient recroisés dans son nouveau quartier. C'était il y a plus de dix ans. Chris s'était inscrit à l'Alpha Team, qui venait d'ouvrir dans le coin. Sara avait plus de 25 ans. Les sports de combat, pour elle, c'était un passé lointain. Chris avait insisté. À l'époque, la discipline était encore naissante. Son âge n'était pas un problème. En France, on parlait de «*free fight*», de «combat libre» ou de «pancrace». Elle avait fini par venir à un entraînement pour voir. Elle avait tout de suite accroché. La diversité des techniques, le plaisir d'être débutante à nouveau, de découvrir la lutte, les projections, le *grappling*, ça lui avait plu. Elle avait adoré la liberté et la complexité de pouvoir s'exprimer dans toutes les dimensions du combat. Elle était entrée dedans sans objectif de compétition, de performance. Juste pour le plaisir d'apprendre. Elle n'avait plus lâché.

Joh avait été un des pionniers à amener les arts martiaux mixtes dans l'Hexagone puis à ouvrir son club. Les gars de sa génération avaient appris avec des cassettes vidéo, quelques-uns étaient partis se former à l'étranger, au Brésil, aux États-Unis, puis étaient revenus partager les techniques glanées à droite à gauche. Joh racontait souvent ces débuts, bien avant internet – un autre monde.

En 2020, la compétition, alors déjà légale presque partout dans le monde, avait enfin été autorisée en France. Il y avait eu un avant et un après. Radical. Les combattants français n'étaient plus obligés de partir à l'étranger pour combattre, une fédération nationale s'était mise en place, le sport avait commencé à se structurer, à faire moins peur. Les clubs, les événements, le nombre de pratiquants, la reconnaissance des athlètes français : tout avait explosé. Il fallait batailler pour se faire sa place. Les femmes étaient beaucoup moins nombreuses sur la ligne de départ. Le plus dur pour elles, c'était d'oser se lancer. Mais une nouvelle génération de combattantes arrivait. Sara le comprenait maintenant, elle aussi faisait partie de l'histoire ancienne.

*

Sara et Titus arrivent à la hauteur de la porte en fer du Boxing Club. Elle entend du bruit derrière, il y a un cours, des gens. Peut-être Salim, son ancien coach. Elle continue son chemin. Le chien résiste un peu puis finit par suivre sa maîtresse. Elle longe les murs tagués sans s'arrêter. Elle prend à gauche sur l'avenue Rosa-Parks pour revenir vers chez elle. Sur le trottoir d'en face, le logo d'un Franprix encore allumé. Son frigo est vide, c'est parfait.

Sara accroche la laisse de Titus au lampadaire devant le magasin, le caresse et lui dit qu'elle revient. Évidemment, le staffie se met à aboyer dès qu'elle passe les portes automatiques. Elle s'empresse de faire le tour des rayons, attrape une barquette de poulet et un sachet de légumes surgelés. Au rayon boissons, elle hésite et finit par céder devant la bouteille de Coca. Pendant qu'elle attend en caisse pour payer – tout le monde vient au moment de la fermeture on dirait –, elle entend les aboiements déchirants de Titus. La honte. Sara trépigne dans la file d'attente. Derrière elle, une voix d'homme : « C'est à toi le chien ? » Elle fait semblant de ne rien entendre. Pas envie de se prendre la tête avec un inconnu à cette heure. Elle reste fixée sur la caissière, qui passe les achats du client précédent avec des gestes fatigués. « Il est bruyant, faut lui apprendre à se tenir. » Sara pose ses courses sur le tapis de caisse. Dehors, Titus continue de japper comme un martyr. Elle se retient, ne pas réagir, ignorer le type sinon elle va vriller et ça va mal finir. « Bah alors, ma belle, tu réponds pas quand on te parle ? » Cette fois, c'est trop. Sara se retourne. « C'est quoi ton problème, gros ? » Le type éclate de rire. Sara se tait. Sourit. « Qu'est-ce que tu fous là ? » et prend Salim dans ses bras.

Indifférente aux retrouvailles qui se déroulent devant elle, la caissière fait avancer le tapis.

– C'est toi, qu'est-ce que tu fous là ? Depuis quand tu traînes par ici ?

– J'étais dans le coin. Je suis passée devant le club. Tu donnais pas cours ?

– Non, c'est Momo les mercredis soirs maintenant.

La caissière annonce le total et tend à Sara le terminal de paiement. Salim pointe du doigt le staffie : « Alors c'est à toi, ce chien ? » Ils sortent du Franprix. Sara détache la laisse du lampadaire. « Salim, je te présente Titus. Titus, Salim. » Le chien renifle les pieds du coach puis se détourne, indifférent. « Alors, qu'est-ce que tu fais dans le coin ? Une femme toute seule à cette heure, t'as pas peur ? rigole Salim. Je te raccompagne ? » Sara accepte.

Quelles nouvelles de la salle, des profs, est-ce qu'il y a beaucoup de nouveaux ? Et chez les anciens, des gens qu'elle connaît ? Sara assomme Salim de questions. Il lui raconte la rénovation récente du club, les nouveaux créneaux, la section féminine qui prend de l'ampleur – il faudrait qu'elle vienne donner un stage un de ces jours –, et puis ils ont un ring, un vrai, depuis la rentrée. Les murs ont été repeints, « mais t'inquiète pas, il y a toujours le portrait d'Ali », du nouveau matériel de musculation et des sacs de frappe tout neufs. Le maire les soutient beaucoup, surtout avec les J.O. qui approchent. Et lui ? Lui, ça va. Depuis trois ans, il a un peu levé le pied. C'est sa femme qui lui a mis la pression pour qu'il passe plus de temps avec ses filles, oui, elle a bien entendu, au pluriel, il en a une deuxième maintenant, elle a bientôt 5 ans. Son rayon de soleil. En échange, il a négocié de les emmener avec lui au cours Enfants du mercredi. Au début, elles n'aimaient pas trop mais maintenant, elles ne loupent plus un seul entraînement.

– Et toi ?

– Bah tu vois, j'ai un chien maintenant. Il a 5 ans aussi.

– Et le MMA ? Ça marche toujours ?

– Oui oui... Titus ! Viens ici !

Sara fait mine de tirer sur la laisse pour faire diversion.

– C'est quand le prochain combat ?

– Rien de prévu. J'attends qu'on me propose une nouvelle date. C'est pas évident. Je suis plus toute jeune.

Ils sont arrivés jusqu'à la place de la mairie. Sara s'arrête, Salim aussi. Elle désigne l'immeuble de briques rouges :

– J'habite là maintenant.

– Passe à la salle un de ces jours, ça me ferait plaisir. Je suis là en général jusqu'à 16 heures. On va voir si tu sais encore boxer.

– Ça marche, coach.

Sara sourit. Il a pris quelques rides au coin des yeux mais il n'a pas vraiment changé, toujours cet air sévère et bienveillant.

– Bonne nuit, guerrière.

– Bonne nuit, Salim.

CHRISTIAN « TONTON »

Oh tu sais,
je détestais ça moi –
mettre un poing dans la gueule, je détestais ça.
Prendre un poing dans la figure, c'était pas mon optique.
Je me suis retrouvé là par hasard.
C'est allé vite.
Six mois après mon inscription, j'ai fait ma première compétition.
Je voulais pas.
C'était par fierté – on m'a proposé :
tu veux combattre ?
J'ai dit oui.
Je pouvais pas dire non.

Mais j'étais pas destiné à ça,
j'étais un mec de la rue moi,
j'avais pas de plan, je savais pas ce que j'allais devenir,
je vivais au jour le jour.
Le sport c'était même pas forcément un moyen de m'en sortir au départ,
et tu vois, pourtant,
des années plus tard, je suis encore là.

La porte en fer grince quand on la pousse et s'ouvre péniblement, comme si la franchir était déjà une épreuve. Impossible de voir ce qui vous attend derrière, aucune fenêtre, aucune aération pour jeter un coup d'œil et essayer de deviner ce qui se trame de l'autre côté. À cette époque, il n'y a pas encore internet pour se faire une idée de la salle et de l'ambiance avant d'y aller. De l'extérieur ne leur parviennent que des bruits étouffés : des cris, des respirations haletantes, des claquements secs, répétés, le crissement des chaînes, le couinement des chaussures sur le sol du gymnase – *couic couic couic* –, petites lamentations déchirantes qui leur rappellent le collège et les cours de basket. João pousse vigoureusement pour finir d'ouvrir la porte en fer. Sara se tient derrière son cousin. Les deux adolescents ont besoin d'un instant pour que leurs yeux s'accommodent à la pénombre et leurs narines à l'odeur, un temps pour prendre connaissance de l'espace, à commencer par la volée de marches qui descend sous leurs pieds, un vieil escalier en ciment patiné par le temps, effrité par endroit, sans rampe – ne pas tomber, un vrai travail d'acrobate. Il faut entrer maintenant.

João tente de repérer ce qui pourrait ressembler à un vestiaire ou à un espace d'accueil dans ce décor brut, d'identifier un coach à qui aller discrètement se présenter. Seul un regard entraîné arriverait à détecter tout de suite les bancs et les casiers remplis de sacs et de vêtements de sport devant une porte peinte en noir avec un écriteau WC. Les vestiaires, donc. À droite de l'entrée, João et Sara remarquent une succession de *speedballs* et de sacs de frappe visiblement aussi vieux que les murs en béton fissuré de la salle, peints de portraits de boxeurs que la jeune fille ne connaît pas. Au milieu de la salle : un ring. Ou plutôt ce qui sert de ring, un carré de cordes accrochées à des plots entourant des puzzles de tapis bleus et rouges fixés entre eux et découpés au cutter sur les bords. Tout au fond, des machines de musculation rouillées, un vélo, un banc et des haltères, des frites en mousse multicolores rangées dans un grand bac et des cibles noires et rondes qui s'enfilent comme des gants : des pattes d'ours. Une trentaine de jeunes, entre 14 et 18 ans, garçons et quelques rares filles, sautent à la corde dans l'espace autour du ring. João et Sara sont en retard, l'échauffement du cours Ados a déjà commencé. Le flyer indiquait 18 heures mais ils se sont perdus pour venir.

Sur le ring, gants aux poings, casque sur la tête, chaussures d'anglaise aux pieds, deux athlètes s'affrontent. La jeune Sara observe, fascinée, le mouvement des jambes et des bustes qui se déplacent dans l'espace. C'est beau comme une danse. Arrimé sur les cordes, un type se tient chrono en main. Il porte un pull marron et un pantalon vert kaki. Il est fin, pas très grand, barbe et cheveux noirs rasés courts. Il ne paie pas de mine. João avance dans sa direction en soufflant à Sara « suis-moi ». Elle est venue accompagner son cousin tester ce cours de boxe anglaise qu'un grand du quartier lui a conseillé. Il a insisté pour ne pas y aller seul et Sara n'avait rien de mieux à faire ce soir-là. « Allez, c'est bon pour aujourd'hui », lance le coach aux deux boxeurs. Il se tourne vers les deux ados : « Cours d'essai ? » João bafouille. Sara reste figée, sans répondre. Elle regarde les athlètes qui enlèvent leur casque. Une longue chevelure brune et bouclée tombe du casque rouge. Une femme qui boxe pour de vrai ? Sara absorbe chaque détail de sa tenue et de sa posture, ses biceps saillants, son cou musclé, ses mollets bombés, le short et le débardeur rouge et blanc qui flottent sur ses hanches, son regard fier. C'est comme une apparition, un miracle. « Salim, enchanté ». Le type leur tend la main.

– Vous avez des gants ? Alors allez en prendre là-bas. Et dépêchez-vous. L'entraînement a commencé.

Les deux cousins attrapent une paire de gants puis rejoignent la cohorte. « Impulsion-répulsion. Allez, on s'arrête pas. » Ils regardent autour d'eux pour imiter les mouvements des autres jeunes, un pied devant l'autre, sautillant d'avant en arrière, sans arrêt. « En garde. » Sara lève les poings devant son visage. Elle a 15 ans. Elle se tient en garde pour la première fois.

*

Au départ, Sara ne connaît rien de la boxe. Elle n'a jamais vu de combat, elle ne connaît pas les règles, combien de rounds, quelle durée, comment sont comptés les points, le nombre de juges, qu'est-ce qui différencie le « noble art » de la boxe française, thaïlandaise, du *sanda* ou du *kickboxing*, et comment ça se fait qu'il y ait autant de boxes différentes ? Elle est perdue. Elle l'avoue un jour à Chris, un gars du club avec qui elle boxe souvent, parce qu'ils font à peu près la même taille et le même poids. Il habite à côté de chez elle avec sa grande sœur Neema. Ils restent tard à la salle après l'entraînement et font souvent le chemin ensemble. Chris est élevé seul par Neema depuis leur arrivée en France. Le grand frère de Sara est déjà parti de la maison. Chacun dans sa solitude, ils se sont trouvés. Ils deviennent comme frère et sœur.

Chris montre à Sara ses premiers films d'arts martiaux – *Rocky, Bloodsport, Kickboxer*... Tous les classiques y passent. Les deux jeunes reproduisent les chorégraphies et les répliques des combats dans le salon de Neema. À chaque fois qu'un nouveau film sort au cinéma, ils se débrouillent pour trouver l'argent pour les billets. Ils s'identifient aux héros, peu importe que ce soit des hommes ou qu'ils soient blancs. Ils ont l'habitude de ne pas se voir représentés, ils n'y pensent même pas.

Un jour, Chris tombe sur le documentaire *When We Were Kings*. Il devient ouf. Il ne lâche plus Sara, il lui parle en boucle du combat de Mohamed Ali contre

George Foreman à Kinshasa, « il faut absolument que tu vois ça, "*The Rumble in the jungle*" », Sara dit « ze quoi ? ».

– C'est le nom du combat, « la Bagarre dans la jungle », le combat du siècle, ça se passe au Zaïre, chez moi. Ali est trop fort.

– Ali, celui sur le mur au club ?

– Pffff...

Chris se couvre le visage avec la main.

– OK, je vais regarder, passe.

Un soir où ni son frère ni ses parents ne sont là et où la vieille télé du salon est libre, Sara lance la cassette dans le magnéto. Elle regarde et elle n'arrive plus à décrocher, elle est fascinée par le boxeur, son histoire, sa manière de se battre dans le ring et en dehors, face au monde, face à la vie.

Ali qui court, Ali qui s'entraîne au sac, Ali qui monte sur le ring, Ali dans les cordes, tout du long, pendant le combat, qui encaisse patiemment, attendant que Foreman se fatigue parce qu'il sait qu'avec lui il ne peut pas danser comme il a l'habitude, que c'est trop risqué, mais il a fait semblant, ça fait des semaines qu'il a annoncé à tout le monde qu'il va danser alors qu'en réalité, il s'entraîne à encaisser, patient, intelligent, il a tout prévu, « *he is a bull, I am a matador* », clame Ali. Le jour du combat, il ne danse pas, il fatigue la bête et puis au huitième round, quand c'est bon, quand Foreman ne tient déjà plus debout, il le cueille. Le coup d'œil, le bon moment, « Ali, *boma ye*, Ali tue-le », crie la foule. C'est l'estocade : un seul coup suffit. Ali retient le second pour regarder Foreman tomber.

*

À la fin de sa première saison au Boxing Club – Sara n'appelle pas encore ça des saisons, juste la fin de l'année –, Salim vient lui parler : « Tu pèses combien ? » Elle trouve ça un peu indiscret. « À vue de nez, dans les 50 kilos, estime le coach. Demain je ramène la balance. T'es dispo le dernier week-end de juin ? » Elle se demande ce qu'il lui veut. Elle en rira plus tard. À chaque fois qu'il viendra lui demander son poids, elle se souviendra de cette première fois. Deux jours après, il revient avec le pèse-personne. « Parfait, je vais t'inscrire en moins de 52 kilos. Les 24 et 25 juin. Tu notes ? Il me faudra l'autorisation de tes parents et un certificat. » Sara reste d'abord muette, sans comprendre, puis proteste qu'elle n'a pas le niveau, que c'est trop tôt, qu'elle n'est pas prête, qu'elle ne sait pas si ses parents seront d'accord.

Elle ? Combattre sur un ring ? Devant des juges et des gens qu'elle ne connaît pas ? Étrange mélange de crainte et d'excitation. Elle n'y a jamais pensé sérieusement, c'était lointain et confus. Ça fait plusieurs mois déjà qu'elle s'entraîne avec ceux qui partent en compétition, qu'elle vient les soutenir. Quand son cousin João a arrêté la boxe à la mi-saison, elle a continué à partir avec l'équipe en voiture. Elle apprivoise les gymnases de banlieue, leurs relents de transpiration et de peur, l'attente interminable dans les gradins, les micros grésillants qui appellent les noms en zone d'échauffement puis sur le ring, les bras qui se lèvent et ceux qui restent baissés, les pleurs et les cris de joie des coachs, des élèves, des amis, des familles. Depuis plusieurs mois, elle baigne là-dedans mais elle n'a jamais osé s'imaginer combattre à son tour.

Quand elle rentre à la maison, elle en parle à son père. Ce soir-là, ses yeux gris brillent de fierté. « Je viendrai. Il va falloir bien te préparer. » Lui aurait rêvé monter sur un ring plus jeune. Il avait essayé d'y mettre son fils. Finalement, ça sera sa fille. Depuis qu'elle a commencé il suit de près sa progression. Dès qu'il peut, il passe la voir à la salle après le travail – il a enfin trouvé un boulot adapté à son handicap, des heures de ménage à l'hôpital. Ces deux taiseux ont désormais un sujet de conversation, une passion commune. Alors quand elle apprend qu'elle va faire sa première compétition, c'est à ça qu'elle pense en premier : ramener une médaille à son père.

De cette première fois, Sara gardera des souvenirs de sueur et d'angoisse, de sa fébrilité, des larsens stridents des micros de mauvaise qualité, de l'écho des cordes à sauter dans la salle d'entraînement, des sanglots dans les couloirs et les vestiaires. Elle se souvient de son excitation, de ses doutes et surtout de la joie de sa toute première victoire : l'arbitre qui lève sa main, elle qui n'en revient pas, alors oui, c'est bon elle a gagné ? Elle tombe dans les bras de Salim et de ses coéquipiers – aussitôt le retour en salle d'échauffement, deuxième combat, deuxième victoire, une médaille au bout, la première d'une longue série. À ce moment-là, elle ne vise rien d'autre que de retrouver au plus vite cette adrénaline, cette joie et le sentiment d'appartenir. Dans les cordes, elle a tout donné et plus encore. Pas pour elle, pour les siens. Pour rendre fiers son équipe, son club, son coach, son quartier, sa ville. Et surtout son père.

JO « LA HYÈNE »

Elle en a bavé pas mal ma mère,
alors à chaque fois que je fais un truc qui peut me pousser,
me faire monter,
ça me motive – je veux qu'elle se dise « ça, c'est mon fils ».

Savoir qu'elle sera fière de son fils, de ce qu'il est devenu,
ça me motive.

Sara a la sensation de se déplacer au ralenti sur le ring tout neuf du Boxing Club, que chacun de ses mouvements est lent, imprécis et que les réflexes lui manquent. Les chaussures que Salim lui a prêtées viennent frotter sur le talon et laissent la chair à vif. Elle transpire à grosses gouttes, essoufflée, des mèches épaisses de cheveux lui tombent devant les yeux, ses bras sont lourds, congestionnés. La salle est presque déserte, il y a seulement deux jeunes à la corde à sauter devant le portrait repeint de Mohamed Ali avec son poing suspendu en l'air. « *Float like a butterfly, Sting like a bee* » – vole comme un papillon et pique comme une abeille –, disait le boxeur légendaire. Mais là, tout de suite, Sara se sent comme un éléphant empoté. Elle a du mal à se concentrer. Salim lui envoie un coup de frite en mousse rose sur le nez. « Arrête de rêver ma belle. »

Quand elle a poussé la porte en fer ce samedi après tant d'années, Salim l'a accueillie comme s'il l'attendait depuis toujours. « Tu te souviens où sont les vestiaires ? Alors va vite te changer. » Pas de bla-bla inutile, comme avant. Elle a enfilé la paire de chaussures qu'il lui tendait et s'est glissée entre les cordes pour le rejoindre sur le ring. Elle avait hésité à venir. Elle avait d'abord pris à la légère l'invitation glissée au pied de son immeuble après le Franprix. Mais Salim avait été là à ses débuts, y compris dans les moments les plus durs. Ce n'était peut-être pas un hasard qu'il revienne dans sa vie en ce moment. En tout cas, ça lui faisait plaisir de le retrouver lui et la boxe anglaise. Et de revoir les bases.

Ce samedi, il a décidé de lui faire bosser ses sorties, décalage, remise. Répéter les mêmes gestes. Corriger les détails. Depuis une heure, des mouvements simples, qui devraient être mécaniques pour elle. Mais Sara a un temps de retard une fois sur deux.

– Bon. Enlève tes gants. Viens là.

Salim dépose la frite en mousse dans un coin du ring et s'assoit sur le rebord. Sara le rejoint.

– Qu'est-ce qu'il y a ? T'es pas dedans.

– J'ai mal dormi.

– Je te connais, il n'y a pas que ça.

Sara détourne la tête vers le portrait d'Ali. Dès qu'elle est entrée dans la salle cet après-midi, Salim a su que ça n'allait pas. Il la connaît bien, malgré toutes les années sans se voir. Il l'a vue grandir, cette petite.

– Désolée. C'est rien. On y retourne ?

– Pas tant que tu m'auras pas dit ce qui ne va pas.

Les larmes de Sara se mettent à couler malgré ses efforts pour les retenir.

– Viens là.

Salim la prend dans ses bras, serre son visage humide contre son torse. Sara est secouée de sanglots. « Putain. » Elle n'aime pas avoir l'air d'une fragile. Elle se détourne pour ne pas croiser le regard de son coach. Elle sait qu'il attend des explications. Qu'il ne lâchera pas.

– Mon père a fait un AVC au début du mois. Il est à l'hôpital.

Trois lettres, trois fois rien. Elle n'a pas besoin d'en dire plus. Salim la prend à nouveau dans ses bras. « Ça va aller. » Il ne dit que ça et c'est tout ce qu'elle a besoin d'entendre. Dans la salle de boxe désormais vide, le silence entoure Salim et Sara, dans les bras l'un de l'autre. Au mur, Mohamed Ali retient toujours son poing en l'air. L'artiste n'a pas pris la peine de peindre le corps de Sonny Liston à terre. L'histoire est toujours écrite par les vainqueurs.

– Mais tu boites *minha filha*! Tu es encore blessée?

C'est pas possible, sa mère voit tout, on ne peut rien lui cacher sauf ce qu'elle ne veut pas voir.

Sara a mal aux pieds. Elle sait qu'elle va douiller pendant plusieurs jours, que les cloques vont frotter contre le cuir de ses chaussures de ville puis éclater et que chaque pas sera douloureux. Et quand il faudra remonter sur le ring, ça sera pire.

– C'est les chaussures de boxe, explique Sara. J'ai repris les entraînements avec Salim hier. Tu te souviens de lui?

Bien sûr qu'elle se souvient. Sa fille passait plus de temps avec lui qu'avec ses propres parents. Comment l'oublier? Sara s'assoit devant la toile cirée fleurie, attrape un soda dans le frigo et plante sa fourchette dans l'assiette que sa mère vient de poser devant elle – un reste de travers de porc et des haricots en sauce.

– Il te passe le bonjour.

– Qui?

– Salim !

– C'est quoi cette histoire de chaussures ?

– C'est rien, elles me serrent. J'ai des cloques, ça va passer.

Sara remue les pieds inconsciemment sous la table. Les travers de porc sont délicieux, même réchauffés. Elle essuie la sauce autour de sa bouche. Du coin de l'œil, Sara observe sa mère qui se tient prête à débarrasser.

– Tu manges pas ?

– J'ai mangé déjà.

Depuis son arrivée, *mãe* est restée debout. Toujours en mouvement, toujours prête à fuir. *Fight or flight*. Combat ou fuite. Sara repense à sa conversation avec Salim au bord du ring sur la réaction des animaux en cas de stress et de menace : « On ne peut pas fuir éternellement une peur ou une souffrance, il faut l'affronter sinon elle nous rattrape ». Elle avale une gorgée de soda. Elle n'a pas peur d'aller se battre dans une cage, alors pourquoi elle flippe autant de poser certaines questions ? Il faut dire que sa mère est passée experte dans l'art de l'esquive. Sara doit réussir à la coincer dans les cordes, l'empêcher de s'éclipser ou de mettre fin à la conversation.

– Tu veux un dessert ?

– Des nouvelles de papa ?

Les deux femmes ont parlé en même temps.

Silence. Un round partout.

Sa mère ouvre le frigo :

– Il y a du riz *doce*, des Danette, du yaourt…

– J'ai plus faim.

– Tu manges pas assez. Mange. J'ai de la glace aussi.

– J'ai plus faim. Et papa ?

Sans le vouloir, son ton est monté. Sa mère reste de dos, devant le frigo ouvert. Elle se penche et attrape un riz au lait. *Fight or flight.* À tout moment, elle risque de quitter la cuisine et la conversation. Sara se sent fébrile. Elle ne doit pas lâcher.

– Alors, papa ?

– Il est encore à l'hôpital. Les médecins disent que ça va prendre du temps. Quand ça ira mieux, il viendra à la maison. Tiens. Mange.

Sa mère pose le riz au lait d'un geste ferme, tire une petite cuillère du tiroir. Contre-attaque. La déborder, lui remplir la bouche pour ne plus qu'elle parle. Sara voit clair dans son jeu. Elle ne touche pas au dessert.

– Quand ?

– Pas tout de suite. Quand les docteurs diront. Mange.

– Il va revenir ici ? Pour que tu t'occupes de lui ?

Décale, remise.

– Tu veux qu'il aille où Sara ?

Sara attrape le petit pot devant elle et l'ouvre d'un coup sec. Elle plante rageusement sa cuillère dedans. En trois bouchées, le pot est vide. Sa mère l'attrape et le jette puis se tourne vers l'évier pour laver la cuillère et le reste de la vaisselle.

– Tu ne veux pas t'occuper de toi un peu pour une fois ?

Sa mère ne referme pas le robinet tout de suite, elle répond d'abord :

– Il a changé tu sais. Tu devrais aller le voir. Il te demande.

Elle coupe l'eau. Enlève ses gants en plastique. Sara a baissé sa garde, elle s'est fait surprendre. Le temps de reprendre ses esprits, sa mère enchaîne :

– C'est l'heure, non ?

Sara se lève, c'est vrai, l'heure a filé, elle doit partir. Sauvée par le gong ?

– *Tem cuidado, minha filha…*

La fille embrasse sa mère.

– Toi aussi, fais attention, d'accord ?

NIBEL

C'est pas de la violence,
c'est le contraire.
Y a un truc humain profond là-dedans.
Un humain, c'est pas censé rester assis à tapoter sur un ordinateur,
c'est ça qui est pas normal, non ?
On a besoin de se dépenser, de bouger, manger, dormir,
se battre – c'est en nous, c'est ancré.
La vie, c'est pas que métro boulot dodo.

En rentrant du collège, Amandine s'est posée dans son lit. Elle a sorti son téléphone, commencé à chercher des vidéos de combattantes. Elle était absorbée par un documentaire sur une certaine Ronda Rousey. Elle n'a pas vu l'heure. Elle descend de la mezzanine en panique. Elle attrape son tee-shirt noir, son sweat noir et commence à enfiler son jogging. Sans frapper, sa mère ouvre la porte de sa chambre. « T'es pas encore partie pour le sport ? J'espère qu'on t'a pas inscrite pour rien ! » Le cours commence dans dix minutes, elle habite à quinze. C'est serré. Amandine déteste arriver en retard et se faire remarquer. Elle attrape son sac, vérifie qu'il contient bien l'équipement tout neuf qu'elle a acheté avec sa mère après son inscription : gants, protège-tibias, bandes, protège-dents. Tout y est. « J'y vais. » Amandine claque la porte derrière elle et descend à toute vitesse les trois étages de l'immeuble.

Il pleut dehors. Elle enfonce la capuche de son manteau sur sa tête. Elle voudrait avoir l'air méchante et déterminée comme cette Ronda. Mais quand elle pousse la porte de l'Alpha Team, elle se sent ridicule, sa confiance disparaît. Sur le tatami, la coach est déjà là et l'échauffement a commencé. Ça craint. Amandine grimpe à toute vitesse jusqu'au vestiaire, le cœur battant. Elle va devoir redescendre et rejoindre le cours en retard. Est-ce que la prof va l'accepter ? Tout le monde va la regarder. C'est la panique. La jeune fille reste prostrée sur le banc, incapable de bouger.

– Tu fais pas le cours de MMA ?

Amandine lève les yeux. Une grande femme aux cils recourbés et aux yeux en amande la dévisage. Elle doit avoir la trentaine, au moins. Une adulte. Elle l'a remarquée mercredi dernier, elle avait l'air trop forte. Amina jette son sac dans un casier et se déshabille en vitesse :

– On est la bourre, dépêche-toi. La remplaçante, elle rigole pas en plus.

Amandine sort de sa torpeur et se met en tenue de sport. Une fois prête, elle suit la grande jusqu'au tatami. Les paires sont déjà formées. Amina se tourne vers elle :

– T'es nouvelle, non ? Ok, viens, je vais te montrer.

*

Pendant tout le cours, Amandine observe les autres. Elle trouve ça beau, les gestes, les bruits, les corps en mouvement, l'assurance des filles. Quand la prof montre les techniques, c'est précis et élégant. Ses coups claquent contre le punching-ball sans le faire bouger. Elle, elle se sent empotée. Quand elle tape à son tour, ça ne fait aucun bruit et le sac bouge n'importe comment. La hanche, les épaules, les appuis, Amandine écoute attentivement les conseils de sa partenaire du jour, plus expérimentée. Elle frappe à nouveau, le coup claque à peine sur la cible. Malgré tout, elle recommence. Cette fois encore, elles terminent par des exercices physiques, courts, intenses. Elle a envie de lâcher. Sara leur dit « on tient jusqu'au bout ». Elle essaie de tenir. Elle finit en nage. Elle a mal aux bras et aux cuisses, son tee-shirt est trempé. C'est dur. Mais à la fin, elle se sent bien.

*

Dans le vestiaire, Amandine se tient debout, cachée derrière la porte ouverte de son casier. Elle tourne le dos aux bancs et aux autres filles. Elle fait ça naturellement, sans y penser. Elle range ses affaires dans son sac et enfile son survêtement par-dessus sa tenue pour rentrer au plus vite. Personne ne fait attention à elle. Amina parle du nouveau type de l'accueil, elle dit « comment il m'a regardée quand je suis arrivée, j'ai pas aimé », « sérieux ? On va l'éclater » répond Mimi, Clara soupire « les mecs, putain », Amina dit « elle est pas marrante la remplaçante, faut qu'elle se détende un peu », Inès dit « ouais, elle est sévère mais j'ai bien aimé ses cours moi, pas vous ? Ses *finishers*, c'était une tuerie », Coco répond « mais toi, Amina, si tu l'aimes pas c'est parce qu'elle t'a calmée à chaque fois quand tu parlais avec Mimi ». Les filles rigolent. Amina gueule à Mimi, qui est partie sous la douche, « grouille-toi, il y en a d'autres qui veulent se laver», Clara dit «mais c'est un stagiaire je crois», Inès dit «de quoi tu parles?» Clara dit «le mec de l'accueil, je crois que c'est un stagiaire, il va pas rester», Amina dit «de toute façon la prochaine fois qu'il me regarde mal, je le démarre.» Mimi sort de la douche serviette enroulée autour des cheveux: «Tu vas démarrer qui toi avec tes 50 kilos toute mouillée?» Rim: «C'est bon, je peux aller me doucher?», «je t'en prie» dit Mimi en se décalant sur le côté. «Vas-y bouge ta chatte de là, mais bouge!» dit Amina. Coco sort de la douche: «J'ai kiffé ses cours à Sara moi, dommage qu'elle arrête», «tellement, j'ai tout donné sur le sac en ground and pound ce soir, j'ai failli perdre mon voile» rigole Inès, «au fait, tu pourras faire des compètes avec?» demande Clara, «non, Joh m'a dit que c'est mort, ils ont interdit», Mimi dit «fait chier, je voulais te voir taper les meufs moi», «c'est abusé» s'énerve Amina, «je suis dég soupire Inès... Bon les filles, je dois tracer, j'ai des partiels», «moi aussi je rentre, dit Rim, j'ai ma fille qui m'attend», «Amina, c'est bon, je suis prête» dit Mimi. Les filles sortent, Amandine les suit sans dire un mot. Elle ferme la porte et éteint la lumière sur le vestiaire vide.

Elle sourit. Elle a hâte d'être à la semaine prochaine.

AMBRINE « LA TIGRESSE »

J'ai pris confiance en moi,
dans ce que je peux faire.
J'avais beaucoup en bouche le « j'arrive pas », « je peux pas » –
Mais t'arrives pas à mettre un coup de poing,
bah t'en mets 150
et au bout du 150e, tu vas y arriver.
Ça te donne cette mentalité « bah si tu vas y arriver » –
cette confiance pour après dans la vie de tous les jours.

Sara tend les jambes devant elle et observe le vernis bleu qui déborde sur ses ongles. Décidément, elle n'est pas douée pour ça. Maintenant que sa maîtresse a fini de se pencher sur ses doigts de pieds, Titus vient prendre sa place habituelle. Le chien fait l'effet d'une bouillote sur les muscles fatigués. Sara s'est jetée direct dans son canapé en rentrant après leur promenade.

Elle caresse Titus, qui soupire. Où est-ce qu'ils en seront dans cinq, dix ans ? Elle voit par la fenêtre la nuit noire de décembre et la lune pleine. Elle a toujours eu du mal à se projeter. Si elle avait imaginé, le jour où, adolescente, elle a poussé la porte du Boxing Club pour la première fois, que, des années plus tard, elle serait encore en train de combattre et devant des milliers de personnes. Ce qu'elle a accompli, c'est déjà bien plus qu'elle n'aurait pu rêver. Une vie pas ordinaire. Il n'empêche, en début de saison, elle sent un vide en elle qui lui donne la nausée.

La semaine prochaine, ça sera l'hiver. Les vacances de Noël, la fin de l'année, ses guirlandes, ses vitrines, ses frénésies d'achat et la solitude de tous ceux qui ne le fêtent pas. Elle n'a toujours pas de nouvelles de l'AFC, aucune perspective de combat. Rien. C'est dur de s'entraîner sans objectif précis, mais elle ne lâche pas.

Samedi, elle ira voir Chris, qui doit défendre son titre *welterweight* à Reims. Lui est signé dans une grosse organisation européenne. Il est champion de sa catégorie depuis sa victoire pour la ceinture avant l'été. Les propositions d'adversaires ne manquent pas. Mais conserver sa place, c'est un tout autre enjeu. Et ce qui l'attend, ça ne sera pas un combat facile.

Voilà. La vie suit son cours. Et elle, elle a l'impression de rester sur la touche. D'avoir loupé quelque chose.

Sur sa table basse, à côté de ses pieds nus et du flacon de vernis mal refermé, il y a une enveloppe sur laquelle Sara a noté un numéro au stylo Bic.

128.

Premier étage.

Bout du couloir à gauche.

La chambre d'hôpital de son père. Comment elle pourrait savoir où elle en sera dans dix ans puisqu'elle ne sait même pas si elle ira le voir avant Noël. Sa mère a insisté au téléphone, il l'attend. Mais il y a toujours en elle quelque chose qui a peur et qui résiste.

Ilyès claque la porte arrière de la vieille Citroën rouge et fait trembler la carcasse métallique. Moussa gueule en se retournant :

– Doucement, toi aussi.

Il envoie une petite claque sur la tête d'Ilyès.

– Pardon chef! Je voulais pas abîmer ta Ferrari…

– Si t'es pas content, frérot, t'y vas à pied.

– Franchement, j'irai plus vite!

– Vas-y Moussa, démarre s'il te plaît, supplie Sara.

– Tais-toi, Ilyès, on va jamais partir sinon, ordonne Papi.

Moussa tourne la clé dans le contact. Le moteur vrombit. À l'avant, Papi tend la main vers les boutons du vieil autoradio tout en essayant d'allonger ses jambes. Les enceintes grésillent, récalcitrantes. Sara colle son nez contre la vitre arrière et se tord le cou pour inspecter la route.

– C'est bon, Mouss', tu peux y aller.

La voiture recule, descend du trottoir en secouant tout le monde et se remet droite.

– Ça marche pas ton truc. Qui a de la musique ?

Papi abandonne sa lutte avec la radio.

– Je gère, répond Ilyès. Tu vois, Mouss', que vous avez besoin de moi ?

C'est pas le quartier qui me quitte,
C'est moi j'quitte le quartier,
J'ai maillé, maillé, maillé, déjà,
J'ai pas bâillé, bâillé, fait des dégâts.

Ilyès monte le son sur son téléphone.

– Y a combien de temps d'ici à Reims ? interroge Sara.

Moussa vérifie sur l'application :

– Une heure quarante-trois.

– OK, bonne nuit les gars.

Sara colle son front contre la vitre et ferme les yeux. Elle aime se laisser bercer par la route. Ça lui rappelle quand elle était petite. Quand son père pouvait encore conduire. Les voyages interminables jusqu'à la côte atlantique du Portugal avec Tiago, elle et les valises entassées à l'arrière de la Peugeot 405. Ça leur prenait deux jours. Ils s'arrêtaient chez tonton Filipe en chemin, dans le Sud. Souvent le mal au cœur la prenait mais elle adorait voir les paysages défiler par la fenêtre, l'épuisement mêlé de joie des derniers kilomètres, les panneaux qui commençaient à changer de couleur et de langue, les arbres, les sons, les odeurs qui se modifiaient progressivement en traversant le nord de l'Espagne puis l'arrivée au pays et avec elle, l'excitation de reconnaître le nom du village des grands-parents, retrouver le soleil, la plage, les saveurs, les accents à la fois familiers et étrangers chaque été, tous les ans jusqu'à ses 12 ans, jusqu'à l'accident. La dernière fois qu'elle a entendu parler de son village, c'était aux infos, à cause d'un feu de forêt. Elle rouvre les yeux. Les champs courent à perte de vue. La nuit commence déjà à tomber.

Dans la petite Citroën rouge, Ilyès fait défiler les morceaux de sa playlist, Papi somnole, Moussa est concentré sur la route. Sara sent l'angoisse qui monte, elle ressent toujours ça quand ses gars combattent. Encore plus si c'est Chris.

La voiture freine d'un coup sec et les trois passagers sont secoués vers l'avant, ça réveille tout le monde. « Apprends à conduire gros ! » s'exclame Ilyès. Moussa klaxonne la BMW qui vient de lui faire une queue de poisson. Sara se repositionne sur son siège.

– Combien de temps encore ?

– Une heure, même pas.

– Celle-là c'est pour toi, Papi.

Ilyès monte le son : « *Tout l'monde veut s'allumer, tout l'monde veut se la mettre.* »

Dès que les premières notes résonnent, Papi se retourne.

– Tu connais ça, toi ? Ses yeux brillent. C'était mon son d'entrée.

– Ah ouais ?

– Mon premier combat. « *93 hardcore. Levez les bras si vous êtes forts.* »

À travers le rétro, Sara observe le sourire nostalgique de son coach.

– Raconte ! demande Ilyès.

– C'était en Pologne. On était partis à deux avec un gars de mon club. Ça faisait trois ou quatre mois que j'avais commencé, pas plus. Le coach était venu me trouver à la salle : « Y a un combat, tu y vas ? » J'avais dit oui. On a pris ma caisse, j'ai payé l'essence, c'est moi qui conduisais. On a débarqué dans ce bled au fin fond de la Pologne. Que des Blancs. On était les deux seuls Noirs. Imagine. Tout le public bourré. Je combattais au début de la carte principale contre un gars du coin. Toute la soirée à attendre qu'ils t'appellent. Ils viennent : « Dans deux combats c'est à toi », « dans un combat »... Ils m'amènent dans le couloir. Je suis avec mon gars. On entend le bruit des coups du combat précédent. Le public qui gueule. Tout. Et toi, tu sais pas si ça va finir en deux minutes ou si ça va aller au bout. T'es là, derrière, t'attends. Le cœur qui bat. Finalement, on appelle mon nom. Le public qui hue. Ils étaient tous contre nous. Et là, ils lancent mon son. Je l'avais écouté pendant toute ma prépa. Direct, ça m'a donné de la force. « *Levez les bras si vous êtes forts* ». J'ai checké mon gars, « vas-y on lève les bras, on est forts, on y va ». C'était parti. Il y avait plus de marche arrière.

Dans la Citroën, la musique s'est arrêtée et la voix de Papi aussi.

– Ça a donné quoi ? demande Ilyès.

– J'ai gagné. Soumission au deuxième round.

Papi fixe Sara dans le rétro :

– Un Anaconda Choke, je crois. Le public a applaudi. J'avais mérité leur respect. J'ai pris mon billet. C'était que dalle, je sais même pas si ça payait l'essence. On a repris la voiture. On est repartis dans la nuit. C'était fini.

Ilyès lâche un sifflement admiratif.

– Pourquoi t'as arrêté au fait ?

– À un moment, j'ai commencé à perdre. À perdre les combats et perdre l'envie. C'était une autre époque. On avait pas tout ce que vous avez. Préparateur physique. Préparateur mental. Les sponsors, les réseaux, c'était plus compliqué. On pouvait pas vraiment faire carrière dedans. On gagnait, on perdait, personne parlait de nous, personne t'arrêtait dans la rue. Aujourd'hui, c'est différent.

Papi se retourne vers Ilyès et Sara :

– Vous savez ce qu'on dit, « le pire ennemi du combattant, c'est lui-même ». Quand tu commences à entrer dans la cage en te disant « faut pas que je perde », t'es déjà foutu. Si ton mental est touché, t'es foutu. Il faut savoir s'arrêter quand l'envie est plus là, quand le mental est plus là. Avant le combat de trop.

La voiture ralentit, les enseignes lumineuses défilent, on approche de l'agglomération de Reims. Sara repose son visage contre la vitre. Pas de week-end en bord de mer ou dans un chalet, pas d'excursion romantique ou de grosses fêtes jusqu'à l'aube. Leur épopée à eux, c'est un aller-retour serrés à quatre dans une vieille C3 un samedi soir pour aller voir leur ami combattre, puis repartir au cœur de la nuit, chacun chez soi.

– Arrivée dans vingt minutes.

Moussa brise le silence qui s'est installé entre ses trois voyageurs fatigués.

– Appelez Joh pour voir s'ils ont besoin de quelque chose.

Ilyès dégaine son téléphone :

– Il dit qu'ils n'ont besoin de rien, qu'on ramène notre cul, c'est tout.

– C'est déjà commencé ?

– Ils en sont au deuxième combat. Chris passe pas avant 23 heures. Papi, c'est lui qui a ton bracelet de coach, il dit qu'on l'appelle quand on est sur place. Il va venir te le donner.

Quand Ilyès raccroche, c'est palpable, la pression a monté d'un cran dans l'habitacle.

*

Le vainqueur du combat précédent sort de l'octogone en boîtant. Il salue le public et part escorté vers le check-up médical. Le perdant, lui, a été sorti sur un fauteuil. Toutes celles et ceux qui combattent savent que c'est le contrat dès qu'on met un pied dans la cage : on sait comment on entre mais on ne sait pas comment on sort.

Dans les gradins, Sara, Moussa et Ilyès ont rejoint les autres du club. Il y aussi Neema, la grande sœur de Chris, avec eux. Sur les écrans géants, au centre de la salle, une vidéo présente les combattants à venir. Le portrait de Chris apparaît : sa petite fossette à la joue droite, ses yeux noirs aux longs cils, ses cheveux crépus coupés courts. Il prend la pose, torse nu, sa ceinture de champion fièrement posée sur l'épaule.

Dans les gradins, Sara a les mains moites. Elle jette un coup d'œil à Neema, debout à côté d'elle, les poings serrés le long du corps. Les projecteurs éclairent l'octogone vide. On voit distinctement des traces de sang sur la bâche.

– *It's tiiiiiiime!*

Effets de lumière, roulements de tambour, caméras, posture du speaker, tout est en place pour le *main event.* Sara frissonne. La foule crie et se lève. Le combattant adverse fait son entrée en premier.

Pendant ce temps, derrière le lourd rideau noir, une femme en jean et veste bleue a surgi devant Chris, Papi et Joh. Elle porte un micro-casque, une tablette à la main, une casquette RMC vissée sur ses cheveux blonds.

– Ça va être à nous.

Le rythme cardiaque de Chris accélère. Il sautille sur place pour se dégourdir. C'est l'heure. C'est son moment. Derrière le rideau, il entend la foule crier puis la voix du présentateur :

– *And now… In the red corner… Christopher « The Hunter » Kayembe.*

La blonde met le doigt sur son casque, souffle quelque chose dans son micro et se retourne vers le trio :

– Départ dans dix secondes. Dans cinq, quatre, trois, deux, un. Go !

Elle tire le rideau. Les spots de lumière et les caméras se braquent sur eux. Le combattant cligne des yeux, ébloui. L'image apparaît en simultané sur les écrans géants. La blonde fait un petit signe impatient : « Quand vous voulez. » Il envoie quelques directs dans le vide devant lui puis se retourne vers Papi et attrape le drapeau de la RDC que son coach lui tend. Il inspire à nouveau, brandit le carré bleu, rouge et jaune comme un étendard, et s'élance à grandes foulées vers l'arène.

Arrivé au pied de la cage, Chris enlève son tee-shirt, retire la croix qu'il porte autour du cou, l'embrasse et la confie à Papi. Il checke ses deux coachs, met son protège-dents, boit une dernière gorgée d'eau. « C'est à toi, c'est ton moment », lui glisse à l'oreille Joh. La *cutwoman* lui applique la vaseline, l'inspectrice vérifie sa tenue puis lui fait signe de monter dans la cage. Chris se tourne vers la porte et monte à pas lents les quatre marches qui le séparent de son destin.

« C'est un lutteur en face. Un Tchétchène. Une galère. » Dans les gradins, Sara commente pour Neema, qui se tient à ses côtés. « Mais t'inquiète, il s'est préparé pour ça le frérot. »

La première minute du premier round à peine entamée, ça semble déjà une éternité. Les deux athlètes se jaugent à distance avec des jabs et quelques low kicks. Sara poursuit ses explications : « C'est en cinq rounds de cinq minutes, comme c'est un combat pour le titre. Il faut gérer le temps et l'énergie, tenir sur la longueur.

Vingt-cinq minutes dans une cage, je peux te dire que c'est long. »

– Tue-le! Tue-le! Tue-le!

Trois rangs derrière l'équipe de l'Alpha Team, un groupe de jeunes hommes soutient le combattant adverse. Alors que la deuxième reprise commence, Neema grimace, Sara serre les dents. Chris a réussi à temporiser pendant le premier round mais maintenant, ça se complique. Il ne dicte plus le rythme du combat, il subit et tente de défendre les attaques répétées du lutteur.

– Finis-le!

Le Tchétchène vient de faire tomber Chris au sol. Ce dernier essaie d'aller se coller contre le grillage pour se relever mais l'autre l'enserre et l'empêche de bouger. Et frappe. L'arbitre s'approche des deux corps emmêlés. « Il reste deux minutes », souffle Sara à sa voisine. Elle est en apnée. Neema se tient droite sur son siège, livide. Chris a les jambes et une main bloquées par l'adversaire. De sa main libre, il essaie de se protéger des coups qui pleuvent. Malgré ses efforts, il n'arrive pas à se libérer.

– Christopher, t'es mort!

Sara regarde à nouveau le chrono sur le grand écran. 1'32. Centimètre par centimètre, le combattant parvient à se rapprocher de la cage. Avec sa tête, il fait pression contre le crâne de son adversaire, colle le dos au grillage et réussit à libérer l'autre main. 0'44. À l'aide de ses bras, il arrive à recréer un peu de distance. Il libère ses jambes et finit par se remettre debout. L'autre revient le coller en clinch contre la cage. Chris respire fort, bouche grande ouverte, poitrine compressée. Le clap des dix secondes retentit.

Sara fixe le chrono qui s'affiche à l'écran : 3'. 2'. Le Tchétchène se décolle légèrement de Chris et tourne sur lui-même. Son coup de coude atterrit exactement dans la tempe de Chris au moment où le gong sonne. Le combattant de l'Alpha Team vacille. Fin de la deuxième reprise.

*

– Ils vont vouloir reprogrammer une défense de titre assez vite, balance Joh, la bouche pleine de poulet halal et de sauce algérienne.

Toute l'équipe mange aux Délices d'Istanbul, le seul restaurant de Reims encore ouvert à cette heure. Neema s'est assise à côté de son frère, qui a le bras gauche en écharpe et le visage boursouflé. Ça ne l'empêche pas d'avoir un sourire radieux. Sur une chaise vide entre lui et Joh, il a posé la mallette qui contient sa ceinture en cuir plaquée or.

– Gros, rouvre la mallette, j'ai envie de la revoir, s'excite Ilyès sur sa chaise.

Chris s'essuie les mains dans sa serviette en papier et s'exécute.

– Mon bébé !

– Elle est grave stylée.

Ilyès tend la main en direction de la mallette. Papi l'arrête :

– Touche pas avec tes sales pattes, là !

– Ils ont fait ça bien, commente Moussa. C'est la même que l'autre ou pas ?

– C'est carré, dit Sara.

Elle a la bouche pleine d'un énorme tacos bœuf-frites-fromage dégoulinant. Elle a faim comme si c'était elle qui sortait du combat. Elle regarde son ami et le trophée. Elle est fière de lui.

Ilyès agite sa canette en direction de Chris :

– C'était chaud, hein ! Tu nous as bien fait flipper frérot. Le coude que t'as pris à la fin du deuxième round… J'ai cru que tu allais pas t'en remettre.

– Je m'attendais à ce qu'il soit solide mais pas autant. Il m'a surpris, j'avoue.

– On va continuer à bosser les défenses de lutte et les sorties de clinch, lance Joh.

Papi approuve.

– Mais ce soir, on fête ta victoire déjà.

– Tu veux pas essayer de me trouver un *fight* chez eux Joh ? demande Sara. Qu'ils me donnent n'importe qui, je prends, je change de catégorie s'il faut, j'en ai marre d'attendre des nouvelles de l'AFC.

Assise entre son petit frère et Sara, Neema soupire :

– Je comprendrai jamais pourquoi vous faites ça.

Chris prend sa sœur dans ses bras.

– Non vraiment, c'est trop dur. Quand est-ce que vous allez arrêter ? À chaque fois que je vous vois combattre, j'ai l'impression que je vais faire un AVC.

Sara déglutit en entendant ces trois lettres. Elle attrape sa canette, la secoue : elle est vide. Elle tend la main vers le plateau d'Ilyès, prend son Fanta, boit une gorgée,

« eeeeeh », Ilyès proteste, Sara avise le plateau de Papi à côté : « Tu manges pas tes frites ? » Celui-ci lui tend la barquette intacte. Elle n'a plus faim mais un sentiment d'angoisse qui l'assaille et le besoin de manger encore. Remplir le vide, le trou noir qui l'absorbe.

NIBEL

C'est pas une vie ordinaire qu'on a choisie,
mais au moins on aura des trucs à raconter à nos enfants.
On fait ça pour ça,
pour rendre la vie un peu intéressante.

Si c'était facile, ça aurait pas la même saveur.

Amandine éteint son téléphone et ses écouteurs sans fil. Elle repose l'appareil à côté d'elle dans le lit. Elle sait qu'elle ne va pas dormir tout de suite. Elle sent l'agitation se diffuser dans son corps et dans sa tête. Elle revoit les images de la victoire de Christopher, entouré des coachs de l'Alpha Team. Elle ne connaît pas ce combattant, elle l'a juste croisé de loin à la salle. Lui c'est un « pro », il ne s'entraîne pas avec les Loisirs. Il s'entraîne avec Sara par contre.

C'est la première fois qu'Amandine regardait un événement de MMA. Sur le groupe WhatsApp « Alpha Girls », Amina avait envoyé un lien pirate pour suivre la soirée en live sans payer. À 21 heures, Amandine a cliqué. Et elle n'a plus réussi à décrocher. Le show, la mise en scène, les lumières, les films de présentation, les musiques d'entrée, la salle comble, l'ambiance électrique dans le public. Tout ça l'a fascinée.

Dans le groupe, Mimi expliquait les enjeux du combat à celles qui posaient des questions :

en gros, Chris il est déjà champion
il a gagné la ceinture ya qq mois
c t ouf d'ailleurs son combat
et là il défend son titre pour la 1 fois
c le main event
le combat ppal
le + attendu quoi

Amandine a lu avec avidité les explications. Elle s'est retenue d'écrire pour demander à quelle heure il combattait quand soudain, vers 23 heures, ça s'est agité dans le fil :

ça y est ça va être à lui
allez Chris ! allez l'équipe !
force !

Amandine a senti son niveau de stress monter d'un coup. Une vidéo mettant en scène la rivalité des deux combattants a été diffusée avant qu'ils entrent. Elle y a vu des images de Christopher au club avec les coachs, le petit chauve et le grand à la barbe grisonnante. On y voyait Sara aussi. C'était bien filmé. Une voix off commentait. C'est comme ça qu'elle a appris que Christopher Kayembe avait recommencé à combattre l'année passée après avoir failli arrêter sa carrière suite à une grosse blessure. « The Hunter » était arrivé du Congo-Kinshasa avec sa grande sœur à treize ans. La même année, il découvrait la boxe anglaise. Quelques années plus tard, il rencontrait l'Alpha Team – sa nouvelle famille. Le film se terminait sur un plan de Chris en train de s'entraîner sur le tatami qu'Amandine fréquente chaque semaine. Ça lui a fait tout drôle.

Pendant tout le combat, Amandine a remué dans son lit-mezzanine qui grince. Son corps réagissait. Elle a reconnu quelques techniques apprises en cours. Il y en a beaucoup d'autres qu'elle ne connaissait pas. Elle a écouté attentivement les commentateurs du live pour essayer de comprendre les règles, décrypter les actions. Pendant les trois premiers rounds, ça avait l'air mal parti. Dans le groupe, les réactions des filles confirmaient son ressenti. Elle ne savait pas encore ce qu'est un « RNC », un « rear naked choke », mais quand Christopher s'est relevé vainqueur au quatrième round après avoir utilisé cette technique de soumission par étranglement arrière, Amandine a ressenti un soulagement et une joie bien plus intenses que ce qu'elle aurait pu imaginer. Le sentiment de gagner elle aussi.

*

Comme elle n'arrive toujours pas à dormir, elle compte les étoiles réfléchissantes collées sur son plafond. Elle lève la main pour les toucher. Il y en a une qui est en train de se décoller, elle appuie dessus pour la fixer à nouveau. L'étoile tombe dans son lit. Elle commence à la chercher dans ses draps. Soudain, un carré de lumière apparaît sur le mur gauche de sa chambre. Ça fait ça à chaque fois que la voisine de l'autre côté de la cour allume dans son salon. À minuit passé ? Le pan de mur reste éclairé cinq minutes, puis la lumière s'éteint.

Amandine imagine le salon de l'appartement d'en face, elle le connaît par cœur à force de l'observer depuis son bureau. Elle visualise la table ronde en bois qui trône au milieu. Elle repense au bouquet de roses qu'elle a aperçu dessus tout à l'heure. Est-ce que la voisine est avec un amoureux ? Elle est toujours seule d'habitude. On rallume. Amandine se penche. Elle aperçoit une jeune femme inconnue traverser le salon en sous-vêtements. La voisine surgit derrière elle, un long tee-shirt sur ses jambes nues. Puis elle tire les rideaux.

Maintenant qu'elle y pense, Amandine a peut-être déjà croisé l'autre femme en bas de l'immeuble. C'est étrange ce qu'elle ressent, comme une sorte d'agacement. La lumière s'allume à nouveau un instant puis s'éteint. Qu'est-ce qu'elles font ? Amandine hésite à descendre de sa mezzanine pour aller observer discrètement. Non, c'est pas bien, on ne regarde pas chez les gens. Il est tard et le sommeil ne vient toujours pas. Elle voudrait juste réussir à dormir et chasser cette sensation désagréable entre les jambes. Cette agitation. Ça doit être le combat. Ça démange. Elle pose la main. C'est chaud. Elle ne fait rien. Elle voudrait dormir, c'est tout. La voisine en tee-shirt. Ses jambes nues. Elle serre les cuisses. Elle caresse à peine. C'est humide. C'est doux. Ça la calme un peu. Elle veut s'apaiser pour trouver le sommeil. Rien de plus.

Les cheveux bouclés de la voisine. Amandine appuie un peu plus avec sa main. Son corps se tend. Le sourire de la voisine. Elle essaie de la chasser. Elle voudrait ne penser à rien. Vraiment. Dormir. Elle voudrait juste dormir. Elle veut être en forme demain. Pour l'entraînement. Elle caresse encore. Dormir. L'apaisement. Des petits mouvements. Elle voudrait dormir.

Vraiment.

Juste.

Dormir.

Voilà.

C'est ça.

Comme ça.

Juste ça.

Dormir.

Oui, dormir.

Voilà.

MYRIAM « LA TORNADE »

Ça te permet de sortir des trucs de toi que tu sors dans aucun autre cadre,
que ce soit de la rancœur,
de la colère,
des émotions enfouies –
y a un truc qui fait que tu as besoin d'aller trouver des réponses dans la cage.
Tu vas pas taper des gens pour le plaisir, dans la rue,
tabasser quelqu'un pour kiffer,
ça a rien à voir.

C'est hyper introspectif,
ça te donne une connaissance de toi-même,
une maîtrise,
un stade d'apaisement en fait.

C'est philosophique presque.

Sara fixe les taches brunes au plafond de la chambre de Mika puis le mur gris, puis la télévision où le générique du DVD qu'ils viennent de regarder défile. L'écran reflète le profil de leurs deux corps, celui de l'adolescente allongée, impassible, et celui de Mika, grand et maigre. La jeune fille regarde partout sauf le visage crispé et la peau grasse du jeune homme qui s'agite au-dessus d'elle. Elle a peur que la mère de Mika les entende depuis le salon ou qu'elle rentre dans la chambre. Elle a peur que le frère de Mika revienne du foot plus tôt que prévu. Elle a mal aussi mais elle ne dit rien. Elle espère que c'est bientôt fini. Sara aura bientôt 18 ans. Mika, 20. C'est un ami de son grand frère Tiago. Tiago vient souvent chez Mika parce que c'est le seul qui a une PS2 dans le quartier. Il l'a achetée avec l'argent de son premier boulot. Sara était déjà venue avec eux jouer à FIFA. Elle trouve Mika pas très beau. Il sent mauvais. Ses os lui rentrent dans les côtes.

« Tu la trouves comment ? » Sara n'a pas su quoi dire quand Mika a baissé son slip pour lui montrer son machin. Elle ne sait pas trop ce qu'il faut répliquer dans ce genre de situation. Elle a dit « bien » pour esquiver et passer à la suite. Quand il le lui a mis dans la bouche, elle a pensé que ça avait un goût de renfermé et de pisse. Elle a réprimé une envie de vomir. « T'aimes ça, hein ? » Elle a failli s'étouffer en essayant de répondre. Elle ne s'attendait pas à ce qu'il y ait autant de questions. Pire qu'un examen.

Maintenant qu'il s'est introduit en elle, elle attend en bougeant le moins possible. Elle a les bras tendus le long du corps, les mains plaquées contre le matelas. Elle essaie de voir l'heure sur le radioréveil. Elle espère ne pas arriver en retard à la boxe. Elle gémit de douleur. « Tu kiffes ça », lui souffle Mika dans l'oreille. Elle a les larmes aux yeux maintenant. Merde. Elle ne veut pas louper son entraînement. Dans trois mois, elle a les championnats de France.

Mika se met à s'agiter plus vite au-dessus d'elle. *Han han han*. On dirait presque une crise d'épilepsie. Sara a vu un petit en faire une au lycée dans la cour l'autre jour. C'était impressionnant. Le lit une place se met à grincer. Soudain, le corps de Mika se crispe, son visage se contracte. Sara est en apnée. Il lui semble que c'est bon signe, que ça va bientôt finir. Mika accélère encore, *han han han*, on dirait qu'il va s'étouffer. Sa bouche se tord dans un dernier grognement. Il étale son corps maigre sur la poitrine de la jeune fille. *Haaaaan*. Mika retire la capote, qui goutte. Il fait un nœud pour la fermer et la lance en direction de la poubelle. Elle retombe à côté. Dégueu. Sara a envie d'aller se laver. Et de pisser. Elle essaie de regarder l'heure mais il a la tête devant. Elle se décale légèrement. 18 h 55. Elle va être en retard. Pas le temps pour la douche, il faut qu'elle trace. Elle se lève. Attrape sa culotte et son pantalon au pied du lit et se rhabille. Elle a encore son tee-shirt sur elle. Mika demande si elle veut qu'il la raccompagne. Il a l'air soulagé que Sara réponde non. « Bon. J'y vais, à plus. » Le jeune homme lève la main pour saluer, « c'était cool ». Sara ne répond pas et sort sur la pointe des pieds. Elle marche jusqu'à la porte d'entrée, qu'elle ouvre le plus délicatement possible. Depuis le salon, la mère de Mika lui lance un « rentre bien Sara ». La jeune fille referme la porte et dévale l'escalier à toute vitesse. Dans la rue, elle respire à nouveau. Elle est soulagée à l'idée d'aller boxer.

*

Quand elle comprend qu'elle est enceinte deux mois plus tard, la première chose à laquelle Sara pense, c'est aux championnats de France qu'elle prépare depuis le début de la saison. La deuxième, c'est à son père. S'il l'apprend, c'est fini, elle sait qu'il ne lui parlera plus. Et impossible d'en parler à sa mère, qui lui racontera tout. Comment faire ? Elle pense à sa tante, la femme de son oncle Filipe, mais ils habitent loin, dans le Sud, et si elle appelle, c'est lui qui va décrocher, poser des questions, se douter de quelque chose, en parler à son frère. Pas possible. Elle pense à l'infirmière du lycée, qui s'est inquiétée pour elle quand elle a fait un malaise le mois dernier, « si tu as besoin d'aide, tu peux revenir me voir », peut-être qu'elle avait capté quelque chose déjà ? Mais ça va finir par se savoir. Elle pense aux filles de sa classe, mais c'est pas ses amies, elle ne les calcule pas et ça peut se retourner contre elle. Elle pense à Salim. Non, pas lui, il va la buter avec les championnats qui arrivent. À aucun moment, elle ne pense à en parler à Mika, à le prévenir ou à lui demander de l'aide. Elle sait que c'est inutile. Son frère Tiago ? C'est pire. La poisse. Il fallait que ça tombe sur elle. Pourquoi elle a accepté d'aller voir ce film. *Roméo doit mourir.* C'était nul en plus. Quelle idiote. Elle déteste Mika. Elle se déteste.

Sara songe à aller seule à l'hôpital mais elle est encore mineure et le risque est trop grand d'y croiser son père, qui y travaille. Elle retourne à nouveau toutes les options dans sa tête et pense soudain à la grande sœur de Chris. Neema l'intimide beaucoup. Dans le quartier, elle a une aura particulière, crainte et respectée. Sara ne lui a jamais vraiment parlé mais elle sait qu'elle bosse dans un centre qui aide les gens qui ont des problèmes. Les femmes. Les ados. Les gens comme elle. Sara ne voit pas d'autre solution : il faut qu'elle se débrouille un soir de la semaine pour passer chez Chris après la boxe et parler à sa sœur.

Neema ne remarque pas tout de suite derrière elle la présence de l'adolescente, qui vient de se glisser dans la pièce. Le bruit de la radio et de l'eau dans l'évier ont couvert celui de la chaise qu'on tire pour s'asseoir. Sara n'a pas encore parlé. Elle décortique le décor de la cuisine de chez Chris où elle s'aventure pour la première fois. Le frigo couvert de photos et de cartes postales, le papier peint jaune, le bouquet d'œillets sur la table de Formica bleue, l'odeur de *pondu* sur le feu. Même la vue par la fenêtre est plus colorée et plus vivante que chez elle.

« *Boseka nga té eh, nazo meka hmm hmm.*
Est-ce que vraiment il faut maloba,
po yo yeba nga nalingi yo hmm. »

Neema remue les hanches devant l'évier au rythme d'une rumba congolaise. Elle chantonne d'une belle voix grave, les mains dans la vaisselle. Sara se laisse bercer par la mélodie en lingala. Elle se sent bien ici. Elle en oublierait presque ce qu'elle est venue demander.

– Ça fait longtemps que tu es là? Je ne t'ai pas entendue arriver.

Neema fait face à la jeune fille. Sara reste muette. La grande sœur de Chris comprend vite qu'il se passe quelque chose d'inhabituel pour qu'elle soit venue la trouver seule dans la cuisine. Elle a l'habitude des ados et de leurs secrets, elle en voit toute la journée.

– Tu veux boire quelque chose?

Elle sait qu'il ne faut pas les brusquer, sinon ils se referment comme des huîtres. Neema attrape la bouteille de soda dans le frigo et lui en sert un verre. Elle s'en sert un aussi.

– Chris est encore sur la Play?

Sara ne parvient pas à répondre. Tout est bloqué dans sa gorge. Neema fait un pas pour fermer la porte de la cuisine. Elle remarque les yeux humides de la jeune fille. Elle ne dit rien. Elle l'entoure de ses bras et lui caresse les cheveux. Des gestes doux. La scène dure peut-être une dizaine de minutes comme ça, où elles restent collées l'une contre l'autre dans la cuisine sans parler.

*

Le lendemain, Neema accompagne Sara chez une médecin qu'elle connaît. C'est elle qui va chercher les pilules en pharmacie et qui trouve une excuse pour que la jeune fille revienne dormir chez elle le week-end suivant. Une excuse pour Chris, une excuse pour les parents de

Sara. Elle préfère l'avoir à la maison le temps de prendre les médicaments.

C'est encore Neema qui emmène Sara aux urgences le dimanche à l'aube malgré les refus de l'adolescente. Quand Sara repensera plus tard à cet épisode, elle se rappellera les contractions insupportables dans l'estomac quelques heures après avoir pris les cachets. Elle se souviendra du sang qui s'échappait d'entre ses jambes et coulait, ininterrompu, dans la cuvette des toilettes. Cette impression de se vider de l'intérieur, que ses forces disparaissent, qu'elle ne tient plus debout. L'envie de s'allonger par terre et de ne plus jamais se réveiller. L'envie de vomir et de s'évanouir en même temps. Que la douleur cesse. Elle se souviendra du regard de Chris, désemparé, qui ne comprend pas ce qui arrive à son amie et pourquoi elle ne veut pas qu'on prévienne ses parents. Elle se rappellera le ton autoritaire de Neema: «Tu fais une hémorragie là, je t'emmène à l'hôpital, c'est pas négociable.» À chaque fois qu'elle y repense – pas souvent, heureusement –, Sara a envie de vomir et elle a honte, si honte. De son arrivée à l'hôpital et de son réveil dans la chambre après l'intervention, elle a tout oublié. Ce qu'elle n'arrivera pas à effacer, c'est le regard de son père, qu'elle croise quand elle sort de l'hôpital – son père le dos courbé sous sa blouse, derrière son chariot de ménage. Son regard comme un trou noir quand il comprend ce qu'elle vient de faire. Son corps à elle, une tache que rien ne peut effacer. Ce trou qui les aspire tous les deux et ne laisse qu'une nappe immense d'incompréhension et de culpabilité sur leurs épaules.

À sa mère, à son frère, Sara ne dira rien et elle reprendra sa vie comme avant ou presque. Quand elle recroisera Mika dans le quartier, elle lui dira bonjour de loin. Entre son père et elle, il n'y aura pas d'explications, pas d'engueulades. Rien que du silence et la distance qui durablement s'installent. Pour la première fois depuis qu'elle combat, il ne sera pas dans son coin pour les championnats de France. Elle perdra dès le premier tour. Elle arrêtera la boxe après ça.

PATRICK « THE BELGIAN BOMBER »

Pour réussir dans ce métier de toute façon faut avoir rien à perdre,
pas de plan B.
Dans ta tête, tu sais que y'a rien, pas d'issue, la seule sortie, c'est ça.
Si t'as quelque chose à perdre, ça marche pas –
c'est trop dur sinon.

Moi j'ai rien à perdre.

128.

Sara observe les chiffres qui brillent sur la porte de la chambre d'hôpital.

Sa mère l'a prévenue que son père ne pouvait pas tellement parler, qu'il commence à peine à articuler quelques mots, à bouger à nouveau les mains, la bouche pour manger ou sourire, mais que d'après la médecin, ça prend du temps, c'est normal. Sara s'est sentie rassurée. Tant mieux s'il ne peut pas parler. Après tout, ils n'ont rien à se dire.

C'est Neema qui a fini par la convaincre de venir. La veille, Sara est passée prendre le thé chez elle. Devant la table de Formica bleue, les souvenirs ont ressurgi en vagues amères. Des crampes au ventre, Sara a raconté à la grande sœur de Chris l'accident de son père. Noël approchait et elle n'avait toujours pas réussi à trouver le courage d'aller le voir.

Sara aurait voulu qu'il existe une réponse, une évidence quelque part : oui ou non, est-ce qu'elle devait aller voir son père qui la réclamait à l'hôpital ? Oui ou non, lui à qui elle n'avait plus parlé depuis des années ? Oui ou non, avant qu'il soit trop tard ? C'était ça, la question qu'elle n'arrivait pas à se formuler. « Oui ou non, avant qu'il soit trop tard », c'est-à-dire avant qu'il n'y ait plus de chambre 128, ni de silence à briser. Elle aurait voulu demander à Neema un mode d'emploi : voici comment faire, ce que dit la notice, les étapes à suivre selon les recommandations officielles. Mais ça n'existe pas. Il n'y a pas de mode d'emploi avec les humains.

En l'écoutant se raconter à la table de la cuisine, devant la tasse de thé qui refroidissait, Neema avait compris très vite que Sara se trouvait devant une décision qui fait que ça bascule. Y aller ou pas, elle devait faire un choix, il y aurait un avant et un après. Neema le savait, parce qu'elle avait déjà dû choisir elle aussi. Et c'est peut-être pour elle-même, pour la décision qu'elle n'avait pas su prendre en son temps, qu'elle avait convaincue Sara d'y aller. Pour ne pas avoir de regrets, « avant qu'il soit tard ».

128.

La porte de la chambre est entrouverte. Sara est plantée devant. Elle doute. Elle peut encore faire demi-tour. À quoi bon se revoir ? La dernière fois, c'était il y a cinq ans, au baptême du fils de Tiago. Ils s'étaient à peine salués. Il l'avait félicitée pour sa récente victoire. Oui, c'est vrai. Ça l'avait surprise. Il suivait donc sa carrière ?

Sara fixe le numéro de la chambre en chiffres brillants. La porte s'ouvre en grand d'un coup et un aide-soignant en sort. Elle panique.

– Vous venez pour M. Ferreira?

Elle ne dit rien.

– Il est réveillé, je viens de lui déposer le repas, vous pouvez entrer.

L'aide-soignant disparaît sans attendre la réponse. Sara aperçoit le bout du lit et des pieds sous le drap. Elle n'arrive pas à avancer. Ni à partir d'ailleurs. Elle voudrait que quelqu'un la prenne par la main pour entrer. L'odeur de l'hôpital et la lumière des couloirs lui rappellent de mauvais souvenirs. Son cœur bat à toute vitesse. Ses mains sont moites et ses jambes flageolent. C'est bien pire que de monter dans une cage. Elle n'a rien amené, des fleurs, des bonbons, un magazine. Rien. Qu'est-ce qu'on fait dans ces cas-là? Elle voit les pieds remuer légèrement sous les draps. Elle entend un bruit. Il l'appelle? Le couloir est désert. Tout est désert. Il est encore temps de partir.

– Sa'a?

Il l'appelle. Non, ce n'est pas possible. Comment il sait qu'elle est là?

– Sa'a, c'est toi?

Elle ne bouge pas. Où est parti ce fichu aide-soignant? Pourquoi est-ce qu'il n'y a personne dans cet hôpital? Son cœur se tord. Elle entend le bruit de l'ascenseur et les portes qui s'ouvrent au bout du couloir. Deux aides-soignantes en sortent en poussant des plateaux-repas. Sara est sur le passage, il faut qu'elle bouge de là. Elle avance d'un pas. Allez. Courage. Encore un pas. Elle entre. Après les pieds, elle voit le dessin des jambes maigres sous le drap puis le torse relevé, appuyé contre les oreillers, le plateau-repas posé sur la desserte. Et enfin le visage de son père, gris, émacié, mal rasé, ce visage si proche et si étranger qui lui sourit presque.

*

Cela fait une heure que Sara est entrée dans la chambre. Père et fille n'ont pas échangé plus d'une dizaine de mots. Elle l'a aidé à manger son yaourt goût vanille. Il s'est laissé faire. L'aide-soignant vient de passer récupérer le plateau-repas et abaisser légèrement la tête de lit. Sara va s'asseoir sur le rebord du matelas. Elle n'arrive pas à affronter les yeux gris, le visage à moitié figé, les lèvres légèrement pendantes de son père. Elle préfère regarder ailleurs. Elle sent qu'il essaie de bouger : il se relève difficilement et pose sa main valide sur celle de sa fille. Il voudrait la lui serrer mais il n'y arrive pas. Alors c'est elle qui serre. Comme ça, juste une légère pression répétée, une manière de parler. Elle fixe le ciel bas de décembre par la fenêtre et serre encore la main sans rien dire. C'est comme du morse pour ceux qui n'ont jamais appris à se dire « je t'aime ».

Sara fait mine de lire l'heure sur son téléphone.
– Je dois y aller. J'ai un entraînement.
Sans raison, elle précise :
– Je vais courir.

Elle se tourne vers son père. Ses yeux sourient. Il articule difficilement un « tu reviendras ? » et Sara acquiesce. Elle ne ment pas. Elle reviendra.

Elle quitte la chambre 128, reste un instant dos à la porte, figée dans le couloir désert et froid. Les larmes coulent. Elle les laisse s'échapper.

NORA « WONDER »

À un moment,
tu te demandes ce qui te fait vraiment vivre à l'intérieur,
comment tu peux ne pas avoir de regrets :
« Je me sens plus vivante où, je me sens plus respectée où, je me sens plus moi-même où et combien de temps il me reste ? »

Une carrière sportive, c'est hyper court, tu sais que tu es limitée dans le temps.
Tu as une fenêtre à saisir et si tu la saisis pas, c'est complexe.
Comme pour avoir des gosses.

– Toujours pas de nouvelles de l'AFC ?

Sara se pointe dans le bureau des coachs. Joh lève le regard de son ordinateur. Il secoue la tête de droite à gauche.

– Non, toujours pas.

– On est en janvier, s'agace Sara. On est déjà à la mi-saison, c'est abusé.

Toujours aucune proposition de la part de l'organisation depuis sa défaite. En même temps, « qui a envie de voir remonter dans la cage une combattante de son âge qui sort d'un KO ? ». On lui a envoyé l'extrait d'une émission hier, deux gars qui discutaient pour savoir si elle était bonne pour la retraite ou pas. C'étaient leurs termes. Ça a mis Sara en rage. C'est facile de critiquer derrière son micro. Non, elle n'est pas finie. Mais si on ne lui redonne pas de combat, comment le prouver et à qui ?

– Écris à l'AFC, dis-leur que je suis prête, que je veux remonter dans la cage.

– Ça va venir, t'inquiète pas.

Joh fixe Sara derrière ses lunettes :

– Tu vas au sparring ?

Sara acquiesce.

– Attends.

Le gérant fait un signe de la main. Ses lunettes ont glissé sur le bout de son nez, il les remonte.

– J'ai un truc à te demander.

Sara reste debout et attend.

– La coach de MMA Girls retourne vivre dans le Sud pour s'occuper de sa mère. Tu te sens de reprendre la section, au moins jusqu'à la fin de l'année ?

Sara est prise de court. Elle ne sait pas quoi dire.

– Faut que je vois. On s'en reparle ?

– Les filles ont aimé travailler avec toi en septembre. Elles m'en parlent encore. T'y réfléchis ?

Joh replonge le nez dans son ordinateur. Sara reste devant le bureau, son équipement de MMA sous le bras. Elle repense à une discussion qu'elle a eue avec Papi la veille sur la fin de carrière. « L'important, c'est le chemin, avait dit le vieux, à la fin, on se souvient pas tant des victoires ou des défaites que des aventures vécues et des rencontres qu'on a faites. Il faut aimer le processus au moins autant que le but. Sinon ça sert à rien. » À quoi elle voulait que ressemble la suite du chemin ?

Joh relève la tête. Sara n'a pas bougé.

– Qu'est-ce que tu fais encore là, tu vas pas t'entraîner ?

*

Allez
on se dépêche
on s'équipe

Moussa avec Chris
Souhil Ilyès
les gars
Soso Sara
on se prépare pour la bagarre

on y va
complet
c'est parti
salade tomate oignons
trois fois cinq minutes

esssh esshh
heh heh heh ehe

rhaaa

bien,
on gère les distances
on oublie pas la lutte
allez Sara te jette pas
va chercher le corps voilà
tchap tchap
sois en mouvement allez
c'est bien le travail au corps
jab quand tu es à distance Moussa

crochet crochet!
le buste qui bouge
on reste en mouvement
on gère son effort jeu de jambes allez
ish ish ish
Ilyès tu peux saisir,
fais tomber
travaille derrière,
voilà
tu contrôles et tu frappes Moussa, tu fais le sac là,
sors de là,
tssshiaaaaaa tshiiia tshiiaa
de la vitesse Souhil
joli ça Sara, le laisse pas sortir,
t'as le bras là, t'es bien,
tu peux tenter un juji
allez
on crée de l'incertitude
davaï davaï
en boxe on travaille sur plusieurs coups
Soso ton bras avant
là blocage remise ce qu'on a vu tout à l'heure
voilà
isshhh issshhh issshhh
on remonte après à la tête
c'est bien Chris le judo, joli ça
passe la garde maintenant
encore une minute
davaï
s'il t'a coincé monte pas

fais-moi de vrais jabs Ilyès
ça le stoppe même pas c'est quoi ça
le jab il est efficace s'il stoppe l'autre
allez
quarante secondes
le mental
monte les bras Soso
lui aussi il est fatigué
sors de l'axe y a pas que la tête
de la vitesse
pa pa pa
double le bras reste pas sur place
sors de là
héhé joli ça Souhil
tcheutcheu tshiia
le mental le mental
on travaille jusqu'à que ça sonne
on lâche pas
tant que ça sonne pas on lâche pas

tshiiiaan

souffle court, épaules engourdies, phalanges de la main droite qui craquent, poignet gauche qui chauffe, nuque tendue, genoux gonflés, micro-blessures partout,

esshh eshhh rhhaaaan, son quotidien, son corps qu'elle pousse à endurer encore et toujours plus, le remettre au charbon, machine à encaisser, à transpirer, à pas lâcher, le sang et la sueur, *davaï davaï*, si elle devait faire le compte quelle serait l'addition ? Un nez cassé, une opération du genou, une opération de l'épaule, des entorses au quotidien, des cocards, des bleus, des bosses, les ostéos, les kinés, les médecins, quel prix à payer pour faire ce sport, combien ça leur coûte ? Pour eux, ça n'a jamais été rentable cette histoire,

tsssbiaaa tsssbiiaa tsbia
parfois envie d'arrêter
rhaaaaaan
et puis ça revient
isssh isssh
ne sait pas pourquoi
pa pa pa
le goût du manque
tshiiiaan
pourquoi on fait ça ?

time
une minute de pause
allez boire
invitez le prochain la prochaine
allez
on se lève
dans dix secondes
ça repart

allez
complet
ça repart

pa pa pa, les gouttes de sueur qui coulent le long du nez et dans le creux des coudes, des articulations, dans le cou, partout, c'est beau les gouttes qui tombent sur le sol, liquide de l'effort, chercher la force dans le corps épuisé, bondir, jaillir, lutter, mouvement constant, *esssh esssh esssh eeeeeh*, se déplacer, rentrer, sortir, ça devient mécanique, ça doit devenir mécanique, elle aime quand elle ne pense plus, quand ça déroule naturellement, ça n'arrive pas toujours, et puis ça vient, saisir le bon moment, surprendre, le coup d'œil, entrer en boxe, placer sa lutte, finir en ground and pound, *bam bam bam* tête corps tête corps tête, ne faire qu'une, être entière, magma d'eau et de muscles, tempérer, respirer, garder la distance, revenir, attaquer, défendre, rien d'autre, combattre ou fuir, ressentir, tout son corps endolori mais vivant, ici là maintenant au présent, nulle part ailleurs, ne pas penser, ne pas penser,

bam bam bam
corps tête corps tête
tcheutcheu tshiia
être là, exister
issshhh
corps tête corps tête
esshh eshhh rhhaaaan
être forte
devenir une arme de combat
Sara « The Anaconda » Ferreira
jaillir
bondir
saisir sa proie.

JO « LA HYÈNE »

La technique, la rigueur, l'hygiène de vie et le respect –

On a beau s'envoyer des gros parpaings dans la gueule,
à la fin on se checke et on rigole.
Y a toujours ce respect là –
à la fin, on se salue et on se remercie.

C'est le plus important.

Le premier mercredi de janvier à l'Alpha Team.

D'un côté, la séance de MMA Loisirs, de l'autre l'espace musculation. Sara s'est posée sur le banc de l'entrée, elle observe le cours que donne Papi aux débutants, en attendant l'heure de prendre le tatami à son tour avec les filles. Elle a accepté la proposition de Joh. Elle lui a dit qu'en attendant une nouvelle date de combat, ça l'occuperait. Elle ne lui a pas dit que ça lui faisait presque plaisir.

Sur le tatami du cours mixte, que des mecs.

– On lâche pas, on tient. Quand c'est dur, c'est dur pour tout le monde, assène Papi, on n'abandonne pas. Pas de regrets comme ça. C'est un sport d'orgueilleux, un jeu d'échecs, il faut pousser l'autre à faire des erreurs.

Ne pas lâcher. Piquer l'orgueil. Tenir jusqu'au bout. C'est vrai. Mais parfois, commencer, c'est le plus dur. Vu qu'elle a accepté de reprendre la section féminine, Sara commence à imaginer quelques objectifs pour les filles, à commencer par les pousser à oser aller dans les cours mixtes par exemple. Et pourquoi pas d'ici la fin de l'année les faire combattre entre elles. Qu'elles puissent se tester et voir qu'elles sont capables. Ça sert à ça les coachs, à aider à se rendre compte de tout ce qu'on peut accomplir si on s'en donne la peine, non ?

Sara se laisse bercer par la musique de la salle, d'un côté le crissement du rameur en bout de course, les barres d'haltéro qui retombent au sol, les haltères soulevées avec peine, de l'autre les halètements épuisés, le bruit des frappes et des chutes, de tous les côtés le chrono qui sonne, strident. Partout, l'odeur de transpiration, les serviettes trempées, les tee-shirts balancés par terre, les corps courbaturés, assis contre le mur ou allongés au sol, cherchant leur respiration la gueule ouverte, le tatami devenu glissant, champ de bataille essaimé de protège-tibias et de gants jetés comme des armes déposées. De-ci, de-là, des bouteilles d'eau vidées, les gourdes serrées dans la main, les protège-dents coincés dans le tee-shirt, des sacs de sport dégoulinants leur contenu, des téléphones en train de charger, des visages durs ou rieurs, des hochements de tête pour inviter le prochain partenaire, des coups d'œil vers le chrono au mur.

– Dans dix secondes ça repart.

Ilyès s'assoit à côté de Sara sur le banc et sort son téléphone. Il attend Soso qui le ramènera en voiture. Moussa soulève des poids dans la salle de muscu. Souhil est déjà parti. Près de l'entrée, Joh est en train de réparer la fontaine à eau.

– Pourquoi t'es pas dans le cours, toi?

Sara vient de capter le petit frère de Moussa en train de pédaler sur le vélo elliptique.

– C'est quoi ça?

Il a un bandage autour de la tête.

– Trauma crânien.

Elle l'aime bien, il est toujours souriant et serviable. Assez doué aussi.

– Chaud. Tu t'es pris un KO?

Le petit baisse la tête.

– Non. Contrôle de police.

– Jure? Toi, là, avec ta tête d'ange?

Ilyès sort le nez de son téléphone:

– Mais t'as fait quoi toi aussi?

– Rien... Le garçon s'agite sur le vélo. Wallah, j'ai rien fait. Ils m'ont coursé, j'ai couru. Réflexe. Ils ont confondu avec un autre. Ils l'ont dit.

– T'as porté plainte?

Sara pose la question et elle se sent bête aussitôt. Elle connaît la réponse. Évidemment qu'on ne porte pas plainte. À quoi bon. Personne, ici, ne porterait plainte.

– T'en as pour combien de temps? demande Ilyès.

– Six mois au moins.

Silence.

– T'as quel âge, petit?

Le frère de Moussa regarde Sara avec ses grands yeux marron:

– 13 ans.

Ils se taisent.
Un mercredi soir ordinaire.

L'espace combat se vide enfin. Papi a fini son cours, c'est l'heure de laisser la place aux filles. En sortant du tatami, il vient saluer Sara. Elle fait signe à ses élèves de commencer à s'échauffer sans elle.

– T'es au courant pour le petit frère de Mouss' ?

Elle a baissé la voix.

– Oui, il en a pour six mois. Minimum.

Ils se regardent sans rien dire. Papi aussi en a connu des contrôles « de routine » ou « par erreur » quand il était jeune. Ça ne surprend plus personne mais ça nourrit la colère.

Dans l'entrée, c'est à nouveau le chassé-croisé de ceux qui arrivent et ceux qui repartent, sac de sport en bandoulière ou sur le dos. Joh a fini de réparer la fontaine à eau. Il appuie sur le petit bouton de côté pour tester le mécanisme, un léger filet d'eau sort, ça marche, il sourit.

Un mercredi soir comme un autre.

Pendant la séance, Sara a repéré un petit groupe de régulières, des filles qui étaient déjà là en début de saison, sérieuses et motivées. Elles se débrouillent bien. Pourquoi est-ce qu'elles ne viennent pas aux autres cours, demande-t-elle, elles pourraient s'entraîner plus. Les réponses fusent, désordonnées. L'inquiétude d'aller dans des cours avec que des mecs, d'être jugée, de déranger, de leur faire perdre leur temps, de pas être au niveau, la crainte des coups trop forts, les problèmes de gabarit, de poids, de promiscuité... Il y a beaucoup de corps-à-corps quand même, c'est délicat. Y aller en minorité, elles ne se sentent pas forcément légitimes, est-ce qu'elles ont leur place là-bas ?

– Y a que des mecs, lance Mimi, je me vois pas débarquer toute seule là-dedans.

– Allez-y à plusieurs !

– Vous avez vu comment ils se tapent dessus ? Je veux pas me faire casser le nez moi, dit Rim, venue s'entraîner avec sa fille.

– Ils vont pas vous casser le nez ! De toute façon, un nez cassé, ça se remet. Y a qu'à voir le mien.

– Mais coach, c'est flippant, s'exclame la jeune Inès.

– Bien sûr que c'est flippant. Mais c'est flippant pour tout le monde. Moi aussi, les gars aussi. On a tous peur à un moment ou un autre. Ce qui fait la différence, c'est de réussir à dépasser cette trouille. Y aller malgré tout.

Sara sent qu'on l'écoute avidement.

– Vous faisiez des sparrings de temps en temps avec votre ancienne prof ?

– Des quoi ? demande Rim.

– Des sparrings, explique la grande Amina, c'est se rapprocher des conditions d'un combat mais à l'entraînement, on se tape dessus mais en faisant quand même attention. C'est ça en gros, coach ?

Sara sourit.

– Oui, c'est ça l'idée. Ça vous dit d'en faire un pour finir ? Un round de trois minutes.

– Carrément, répondent Amina et Mimi, les plus enthousiastes.

Les autres sont plus mitigées.

– Avec les protections, les rassure Sara, on commence tranquille, on y va à 50 %. C'est juste pour se tester. Allez, équipez-vous, on y va.

LÉNA « LA GUERRIÈRE »

C’est animal –
tu dois être à l’affût,
l’attaque peut venir de partout.
Il faut aller chercher quelque chose d’enfoui,
de méchant –
tu rentres dans la cage, tu lui veux du mal,
tu veux la dégommer,
l’éclater,
la démolir.
T’es obligée.
C’est elle ou toi.

Amandine plante sa fourchette dans l'assiette blanche et manque à nouveau le petit pois restant, qui part rouler de l'autre côté de la table. Le couvert crisse contre la porcelaine. Sa mère grince des dents. Amandine garde la tête baissée. « Arrête ça. » Amandine pose la fourchette. Sa mère se lève en soulevant la chaise pour ne pas rayer le parquet. Par-dessus la table en chêne, sa main vient saisir l'assiette vide. « Dessert ? » Amandine fait non de la tête. « T'es au régime ? » Amandine fait encore non, « je suis fatiguée, je vais me coucher ». Sur le visage de sa mère, les sourcils restent un instant relevés. Elle tire la chaise pour sortir de table. « Bonne nuit. » « Mon parquet ! » répond sa mère. « Bonne nuit ma chérie », répond son père sans lever le nez de son portable.

Dans la salle de bains, Amandine s'observe dans le miroir. Elle y voit ses longs cheveux noirs qui tombent en rideau autour des tempes et son pyjama qui couvre son corps comme un drap qu'on jette sur les meubles pour les protéger du temps ou des travaux.

Pendant qu'elle se lave les dents, elle entend sa mère depuis l'autre bout du couloir :

– Je ne sais pas si c'est une très bonne idée son sport.

La jeune fille tend l'oreille.

– Il ne faudrait pas que ça la rende rebelle quand même. Tu as vu son attitude ?

– C'est juste une ado, répond la voix paternelle. Au moins elle se bouge, elle s'occupe.

La brosse encore entre les dents, Amandine se penche vers son reflet. Elle a remarqué une petite ombre en dessous de l'œil droit. On dirait un bleu. Elle ne sait pas comment c'est arrivé. Est-ce qu'elle va avoir un œil au beurre noir comme dans les films ? Elle aime bien l'idée d'avoir son premier cocard. C'est comme un baptême.

Elle range sa brosse à dents et passe un coup d'éponge sur le lavabo. Elle n'a pas envie de dormir. Elle se sent encore pleine de l'adrénaline de l'entraînement. Sara est revenue. C'est elle qui reprend la section jusqu'à la fin de l'année. Ce soir, pour leur reprise, elles ont travaillé les spinning back kick, un coup de pied retourné en direction du ventre. Sara est passée derrière elle pendant l'exercice, s'est arrêtée un instant, a corrigé un peu la position d'Amandine puis a fini par lui dire que c'était bien, qu'elle avait sacrément progressé depuis le début de l'année. Elle se souvenait donc d'elle ? La jeune fille s'est sentie rougir de fierté. La séance s'est terminée sur leur tout premier sparring. Amandine ne se souvient pas avoir pris un coup à l'œil mais elle était trop stressée pour vraiment s'en rendre compte. En découvrant le cocard dans le miroir, elle se dit qu'en fait, ça va, ça fait pas si mal. Elle espère juste que ses parents ne le verront pas.

Depuis son inscription, chaque mercredi, c'est la même chose : Amandine arrive en avance, ne parle à personne, se change discrètement derrière la porte des toilettes, ne reste jamais longtemps dans les vestiaires. Une fois prête, elle descend sur le tatami, reste dans un coin jusqu'au début de la séance. Pendant le cours, elle attend que les paires se forment. Elle se dit que de toute façon personne ne va la choisir. Elle est toujours surprise quand on l'invite – parfois elle oublie qu'elle n'est pas invisible. Certains soirs, elle n'a pas envie d'y aller. Mais quand elle en ressort, elle est toujours heureuse d'avoir fait l'effort. Et quand il n'y a pas cours, ça lui manque.

Malgré son pyjama XXL, elle remarque que son corps change depuis le début de l'année. Il se forme aux besoins de son sport. Par moments, dans l'effort, elle retrouve de cette complicité perdue avec lui, la sensation qu'elle peut faire des choses avec, des choses pour elle. Son corps n'est plus un poids mort, un fardeau à porter. Dans ces instants-là où elle ne pense plus à rien d'autre, elle se sent entière.

CHRISTIAN « TONTON »

Tu sais ce qu'on dit :
dans la vie, il faut avoir des objectifs.

On est un groupe.
Je dois sortir le meilleur de chacun pour que tout le monde progresse,
que ceux qui sont devant entraînent ceux qui sont derrière.

Les athlètes que j'entraîne, je sais où je veux les emmener.
Le chemin est peut-être long
mais je sais où demain je veux être et ça,
ça me motive.

L'écran de son téléphone s'allume et apparaît le logo d'Instagram. Sara ouvre la notification et un pseudo s'affiche, qu'elle ne reconnaît pas. *@mata_leone_* a commencé à vous suivre et *@mata_leone_* vous a envoyé un message. C'est qui ça encore ? Elle clique sur le profil, rougit dans son canapé. Elle voit très bien qui c'est. Boris, un gars d'une autre salle. Un *grappleur*. Très doué. Beau gosse aussi. Ils se sont croisés à un gala de MMA la veille. Elle était avec son équipe, il est venu saluer, ils ont échangé quelques mots devant la buvette.

Pouic pouic. Titus interpelle sa maîtresse pour qu'elle lui relance son jouet. Sara le jette sans faire attention. La balle atterrit à la droite du meuble télé. En l'attrapant, Titus manque de faire tomber un cadre posé par terre. Sara se lève du canapé. Elle a oublié que Salim avait décroché cette affiche du mur du Boxing Club pour lui offrir il y a quelque temps, après une séance de pattes d'ours.

Elle attrape le cadre en bois. DON'T COUNT THE DAYS. MAKE THE DAYS COUNT. Ne compte pas les jours, fais que les jours comptent. Mohamed Ali, forcément. *Pouiiiic.* Elle relance la balle et part chercher de quoi accrocher le cadre au mur. *Make the days count.* Comment faire pour que les jours comptent? Il y a tant de choses qui ont bougé en elle depuis la défaite. Finalement, toucher le fond, c'était une nouvelle chance de rebondir. Bien sûr que l'objectif de se battre pour un titre est encore là. Elle s'entraîne à fond. Mais elle prend aussi du temps pour le reste. Le mois dernier, son père est sorti de l'hôpital. Sa mère s'occupe de lui. Sara essaie d'aller un peu plus souvent leur rendre visite. Il y a Salim, qu'elle voit régulièrement depuis leurs retrouvailles, que ce soit pour s'entraîner, revoir les bases ou juste parler. Il y a Neema, chez qui elle va boire le thé après le Boxing Club parce qu'elle habite pas loin. Et puis il y a ce plaisir de transmettre qu'elle découvre depuis qu'elle a repris la section féminine. Aider les filles, former une équipe, faire sortir le potentiel de ses élèves, rendre un peu de tout ce que ce sport lui a apporté, elle se rend compte que ça lui fait du bien. Elle sent qu'elle a un rôle à jouer en tant que coach, en tant que femme.

Elle ne veut pas rester sur une défaite, c'est vrai. Mais il faut trouver d'autres raisons pour aller se battre dans une cage. Peut-être qu'elle arrive à un point où elle a moins de cette rage qui l'animait avant pour aller combattre. Moins de choses à prouver aux autres et à elle-même. Ou bien différemment. En tout cas, elle en a marre de compter les jours et d'attendre une proposition de l'AFC. Elle veut profiter du chemin.

Pouiiiiic.

– OK. J'ai compris. On va sortir.

Sara enfile ses Air Max et sa doudoune, attrape le collier que lui tend le chien, le lui met autour du cou et dévale l'escalier derrière le staffie surexcité.

Bon, alors, cette notification, elle en fait quoi ? Le problème avec les mecs, pense Sara en arrivant au parc, c'est qu'ils parlent entre eux. Depuis que son ex a essayé de lancer toutes sortes de rumeurs sur elle, elle fait gaffe. Les meufs doivent toujours faire gaffe. Titus tire sur la laisse. Sara ouvre la porte du caniparc et le chien s'engouffre dedans à toute vitesse. Elle reconnaît le maître d'Athéna, la chienne malinoise que Titus aime bien. Elle salue de loin. Il y a aussi une vieille dame avec un caniche tout blanc sur ses genoux, qui aboie sur le staffie. Ils ont peur de rien ceux-là.

Avec la manche de sa doudoune, Sara essuie sur le banc quelques gouttes de la pluie tombée dans l'après-midi au milieu des premières éclaircies du printemps. Titus court après Athéna pour essayer d'attraper la branche qu'elle tient dans la gueule. Le maître de la chienne n'a pas l'air inquiet. Il est posé sur le banc en face, le cul sur le dossier, les pieds sur l'assise. L'odeur de son joint arrive jusqu'aux narines de Sara. La fumée s'élève élégamment au-dessus de sa tête. Elle s'en ferait bien un petit… Ça fait longtemps. Sara hésite à aller lui taxer une latte puis se ravise. Flemme de parler. À la place, elle sort son téléphone de sa poche et recommence à scroller. Sur l'écran, il y a toujours la notification, le message en attente de réponse. Sara clique sur le profil et fait défiler les photos de Boris : lui en *rashguard* moulant sur un tatami, lui transpirant à la salle de muscu, lui tout sourire sur un podium médaille d'or au cou, lui adossé à une voiture neuve, lui avec ses potes en train de flexer, lui en costard à un mariage – le sien ? Sara doute un instant – … non c'est bon, c'est pas lui le marié –, lui immergé dans une piscine, lui en maillot de bain à la plage en Thaïlande.

Sara quitte l'application. Elle ouvre un peu le col de sa doudoune. Elle a un coup de chaud. Elle siffle Titus, se lève, remarque que la vieille au caniche n'est plus là, fait un signe de tête au maître d'Athéna, remet la laisse de son chien puis tire pour qu'il la suive. « Allez, on y va. » Cette fois, c'est elle qui presse le pas sur le chemin du retour.

*

Dans l'entrée, elle enlève ses baskets et sa doudoune. Dans la chambre, elle enlève le haut et le bas de son survêt. Dans la salle de bains, elle finit d'enlever le reste. Elle entre dans la douche, allume l'eau bien chaude et glisse son corps dessous. Elle reste un long moment comme ça, sans rien faire, juste à sentir la chaleur qui coule sur sa peau.

Elle ferme les yeux, met son visage sous l'eau qui jaillit au-dessus d'elle. La silhouette de Boris en maillot de bain apparaît dans son esprit, son corps tatoué et musclé sortant de l'eau, les rayons de soleil dans son cou, la mer limpide derrière lui sur la dernière photo, celle à la plage à Phuket. Elle rouvre les yeux, attrape la fleur de douche, verse une noix de gel douche senteur monoï dessus, commence à l'appliquer sur ses bras, ses épaules, son ventre, ses seins, ses cuisses. Elle la repose, se replace sous le jet d'eau et rince. Pour bien tout enlever, elle passe les mains sur son corps. Partout.

Maintenant, le téléphone est là, face à elle, sur son lit où elle l'a jeté avant de filer à la salle de bains. Nue, encore partiellement mouillée, serviette à la main, Sara reste un moment à contempler l'objet. Franchement, elle risque quoi ? Elle attrape le téléphone, ouvre l'application puis le message :

cc, ça va ?

Elle répond :

oui
toi ?

Ce n'est rien. Juste un DM. Mais dans sa tête, il y a un déclic. Quelque chose qui se met en route. Arrêter d'attendre. Profiter du chemin.

bien rentrée ?

Le téléphone a vibré dans sa main. « Merde merde merde. » Sara jure à voix haute et tourne sur elle-même, comme Titus quand il s'apprête à s'asseoir dans son panier. Le chien la regarde, intrigué. Elle agite le téléphone devant son museau : « il a répondu ». Titus s'allonge sur le lit et offre son ventre pour obtenir des gratouilles. Sans succès. Sara panique. Elle ne sait plus comment on flirte. Ça fait si longtemps. « Bon. Attends, on s'habille d'abord. » Elle ouvre un tiroir, sort des culottes une à une et les trouve toutes horribles, délavées, informes. Elle secoue la tête. « C'est pas gagné mon vieux. » Titus ne réagit pas. Elle finit par en choisir une noire avec un peu de dentelle sur les bords. Hmmm. Culotte à la main, elle attrape son portable et écrit :

oui et toi ?

Merde. Elle a répondu exactement la même chose qu'à son premier message. Quelle conne ! Sara jette le téléphone sur le lit. Elle enfile sa culotte, fait trois pas vers le salon, retourne dans la salle de bains, se regarde dans le miroir, n'aime pas du tout ce que ça donne et se découvre une envie soudaine de faire une commande de lingerie en ligne. « N'importe quoi. » Elle revient devant le tiroir, elle fouille à nouveau, se demande si elle n'a pas un quelque chose d'un peu plus sexy qui traîne, finit par trouver un string, repart dans la salle de bains, se cambre un peu face à la glace, se tourne de trois quarts, bouge ses cheveux d'un côté, puis de l'autre, essaie différentes poses puis se trouve vraiment absolument ri-di-cu-le, repart dans la chambre, enlève le string, remet la culotte et enfile par-dessus un vieux tee-shirt informe et décoloré.

« Finies les conneries. » Elle entend son ventre gargouiller, se rappelle qu'elle n'a pas dîné, Titus non plus. Elle part dans la cuisine où le chien la suit, sort les croquettes, ouvre son frigo, attrape une boîte d'œufs, cherche où elle a posé le téléphone, se rend compte qu'il est resté sur le lit, repart dans la chambre.

Il a répondu :

oui bien

Sous le message, trois petits points s'agitent. Il est en train d'écrire.

Sara referme l'application, enfile un jogging sur ses jambes tatouées, repart dans la cuisine, sort une poêle, la fait chauffer avec un peu d'huile, casse deux œufs dedans, met du riz à chauffer, ouvre une boîte de haricots verts puis réunit le tout dans une grande assiette et reste debout devant le plan de travail, Titus assis à ses pieds. *Oui bien.* Et maintenant quoi, elle attend, comme une idiote, une gamine, à tourner en rond, toujours attendre.

Le staffie fait cogner sa gamelle contre le mur pour en lécher les dernières miettes. Sara sort de sa torpeur, prend son assiette et part dans le salon, la pose sur la table basse et allume le téléviseur, *oui bien*, clairement, ça va pas aller loin cette histoire, elle zappe, cherche une nouvelle série sur Netflix, ne trouve rien, allume RMC Sport, tombe sur l'UFC – à cette heure ? –, se souvient soudain qu'un Français combat ce soir, elle voulait voir ça, ça tombe bien. Sur le canapé, à côté de sa cuisse, le téléphone vibre à nouveau. Elle lit :

c t carré la soirée hier
y a eu des beaux combats,
j'ai kiffé et toi ?
tu mates l'UFC ce soir ?

Après ça, Sara passe la soirée entre l'écran de son téléphone et celui de sa télé, à commenter les combats en simultané avec Boris. Elle finit par se détendre. Elle passe une bonne soirée. Pour le reste, on verra bien.

ADAM « LE FUTUR »

Y a ce truc de dépasser sa peur.
C'est cette sensation-là.

C'est toi contre toi,
contre ta peur.

Tout le monde a peur.
Celui qui dit qu'il a pas peur,
c'est un fou ou un menteur.

– Tu vas pas me dire que tu vas refuser ?

Sara ne répond pas. Elle connaît le discours qui va suivre, elle sait que Joh va lui faire la leçon, à base de « vous les femmes ». Elle pose son équipement sur la table dressée entre eux. Elle attend que ça sorte. C'est comme un jeu.

– Ça fait des mois que tu me casses la tête à me demander quand est-ce qu'ils vont te proposer une adversaire, que tu te plains que personne ne veut te faire combattre parce que tu es trop vieille, et maintenant qu'ils nous proposent une date, tu hésites ? Vous les femmes, vous êtes jamais contentes ! Je lui dis non alors ? On se casse le cul pour vous trouver des combats et après vous voulez plus y aller…

Sara regarde son coach assis derrière son bureau, lunettes remontées sur son crâne où quelques cheveux blancs commencent à repousser. C'est mot pour mot ce à quoi elle s'attendait.

– C'est bon, t'as fini ta petite crise ? J'ai pas dit non. Je dis juste que c'est vraiment court. Le 24 juin, c'est dans moins de vingt jours. C'est une galère, j'ai pas le temps de faire une vraie prépa. Et puis faut faire le poids. C'est tout.

– Ouais, c'est le principe d'une *short notice*, je te rappelle. C'est en moins de 66 kilos, ça te fait moins de poids à perdre que dans ta catégorie habituelle. T'es prête de toute façon. Tu t'entraînes pour quoi depuis neuf mois ? C'est une opportunité de dingue, une nouvelle chance d'avoir une ceinture, tout ce qu'on voulait !

– Oui. On va accepter. Je vais le faire. Je suis prête.

– Tu pèses combien là ?

Par réflexe, Sara touche son ventre.

– 70, je crois.

– Ah ouais, t'es grosse !

Devant la grimace de Sara, Joh se reprend :

– En deux semaines, 4 kilos à perdre, c'est rien.

*

Quand elle sort du bureau de Joh, Sara aperçoit Papi. Elle sourit. Il sourit aussi. Il est au courant. Ça y est. La date est fixée. Le compte à rebours enclenché. Elle va pouvoir remonter dans la cage. Faire face à son adversaire la plus redoutable : elle-même.

En descendant pour aller donner cours, elle croise Chris. Elle l'informe aussitôt :

– Magnifique. On sera au premier rang avec Neema. Cette fois, c'est pour toi la ceinture.

Sara sourit. Elle se voit dans la cage, bras levé, ceinture *featherweight* autour de la taille. Elle imagine sa team debout qui applaudit dans le public. Et son père et sa mère aussi.

*

Avant de démarrer le cours, Sara ne peut s'empêcher d'annoncer la bonne nouvelle à ses élèves. Elle va combattre le 24 juin pour l'Arena Fighting Championship. Aussitôt, Amina demande où ça sera, Mimi s'il reste des places, Inès si on peut y aller en transport, Coco dit qu'elle a une voiture et qu'elle peut prendre du monde avec elle, Rim demande à quelle heure c'est. Elles parlent toutes en même temps, sans attendre les réponses.

– Faut qu'on fasse une banderole ! s'exclame Mimi.

– Bon, coupe Sara, commencez par vous échauffer, on verra tout ça plus tard. D'abord, il y a vos test-matchs à préparer.

Sara leur a fixé un objectif pour cette fin de saison : une journée de combats entre elles. Des affrontements plus appuyés, dans les règles amateurs, pour qu'elles puissent éprouver leur niveau et se confronter au stress et à l'incertitude du combat. Joh leur a réservé un créneau dans la cage d'entraînement pour le samedi suivant. Elle a déjà réfléchi au *matchmaking* : qui affrontera qui, en fonction des gabarits et des niveaux. Elle a même demandé à Chris et Moussa de venir coacher ce jour-là. Elle tient à faire les choses sérieusement.

*

Dans les vestiaires après le cours, les filles s'organisent déjà pour aller voir le combat de Sara. La plupart n'ont jamais assisté à un événement de MMA en vrai, c'est beaucoup trop violent. Ou trop plein de mecs. Ou trop cher. Ou bien elles n'y ont jamais pensé. « Qui a déjà été dans un gala ? », Mimi est la seule avec Amina. « Aaaah, je suis trop excitée », dit Mimi, serviette jetée sur l'épaule, « ça va être une din-gue-rie ! En plus l'Arena Fighting Championship, j'ai déjà été, c'est une belle orga, ils font le show, c'est stylé », « c'est bon, arrête de faire la meuf, répond Inès, vas te doucher ». Amina s'appuie contre les casiers du vestiaire, sort son téléphone et commence à regarder le site de l'événement, « ah ouais, faut qu'on se décide sur la catégorie par contre, c'est pas les mêmes prix partout », « c'est combien ? » demandent Inès et Amandine en même temps, « ça commence à 30, tout en haut, je sais pas si on voit bien », Amina crie en direction de la douche : « Mimi toi tu connais la salle ? », Mimi n'entend pas, « après ça monte à 50, 60 et plus », « qui vient ? » demande Inès à la ronde, « Clara tu viens ? Rim tu viens ? Amandine tu viens ? », Amandine dit oui, elle ne sait pas encore comment elle va le gérer avec ses parents mais elle ne veut pas louper ça, c'est sûr… Coco sort de la douche, « moi aussi je viens, vous avez déjà pris les places ? », Amina dit « on regarde là, t'as une caisse, toi ? » « oui, répond Coco, je peux passer prendre du monde à la salle, on peut se garer là-bas ? » « oui, on peut, confirme Rim, je connais, ils font des concerts aussi », Mimi crie « Amina, va te laver, il y a plus que toi », Amina prend son savon et sa serviette. Inès checke les billets à son tour, « il y a même des tickets à 300, catégorie OR s'il vous plaît. Mais qui peut ? » « en vrai, dit Mimi, on verra bien même là-haut, t'as des écrans et tout, de toute façon, la technique, c'est de descendre », « descendre ? » demande Coco, « tu achètes en haut mais après tu descends prendre les bonnes places », « Amandine, tu vas te doucher ? » demande Inès, « non, j'attends juste pour les places » répond Amandine, Rim dit « vous savez si c'est OK d'arriver après le début ? » « ouais, au pire tu rates les premiers combats, c'est pas grave, de toute façon, Sara elle fait le *main event* » répond Mimi, « le *main* quoi ? » demande Rim, « en gros c'est le combat phare de la *main card*, la carte principale » « une carte de quoi ? » dit Rim, « ah ouais t'es vraiment une touriste toi » se moque Amina enfin lavée, « moi je viens pour voir la prof c'est tout » dit Rim, « bon on t'expliquera les règles sur place » rigole Inès, « allez, tout le monde s'est douché, c'est bon, on se casse ? »

Amandine sort du vestiaire avec les filles.

SOSO « LE FLÉAU »

Le MMA c'est un sport d'équipe.
Quand tu vas en compétition,
que ce soit en Hollande, en Angleterre ou à Mantes-la-Jolie, tu y vas avec cinq de tes gars, un coach,
vous prenez la voiture, vous rigolez, vous faites des blagues et tout.
Qu'on gagne, qu'on perde, peu importe,
c'est une expérience tellement belle à vivre.
Se retrouver avec des gens de milieux des fois totalement différents mais d'être réunis par cet amour du combat.

À la fin, je pense que mes derniers combats, je les ai faits seulement pour ressentir ça –
partir en équipe, voyager ensemble, être un collectif, tu vois.

À la terrasse du Narval'Ô ce dimanche, Sara savoure le rayon de soleil qui vient chatouiller ses jambes nues. Juste avant, elle a envoyé un message à Boris. Elle a une date : le 24 juin. Il l'a rappelée, content pour elle, mais deux semaines, c'est chaud, elle est sûre ? Sara a écourté la conversation. Elle n'a pas besoin de quelqu'un qui doute pour elle dans un moment pareil. D'ailleurs, elle ne sait pas s'il viendra la voir. Peu importe.

Tout en buvant le café que Karim vient de déposer sur la table, elle regarde une interview de Francis Ngannou : « Dans la vie il faut que tu sois sûr de toi. Le doute c'est le premier facteur de l'échec, le doute est notre premier obstacle… » Sara approuve en hochant la tête. Une évidence lui est apparue depuis que Joh lui a fait part de la proposition de l'AFC : si elle perd, elle raccroche. Sa décision est prise. Elle n'en a parlé à personne mais c'est tout réfléchi : elle ne veut pas faire l'erreur d'arrêter trop tard, de pousser jusqu'au combat de trop. Elle est en paix avec ça. Les mots de Papi prononcés sur le chemin de Reims lui trottent encore dans la tête : « Il faut savoir s'arrêter au bon moment. »

Voilà. Elle le sent. Elle a suffisamment mis son corps à l'épreuve : les régimes, les sparrings durs, les blessures, les sacrifices. Ça n'a jamais été en vain. Mais si elle perd à nouveau, elle déposera les gants dans la cage. C'est tout. Elle est fière de ce qu'elle a accompli. Elle ne pense plus à la fin. Elle pense à la suite.

« Tu l'as annoncé à ton père ? » lui a demandé Neema la veille. « Non, pas encore. » Justement. Elle prend des forces au PMU avant d'y aller. Parce qu'il y a bien une chose qu'elle veut réussir pour ce combat : convaincre sa mère et son père de venir la voir.

Karim vient récupérer la tasse de café. Il s'assoit un instant sur la chaise vide à côté d'elle.

Sara enlève ses écouteurs.

– Ton combat, ça sera sur quelle chaîne ? Je voudrais le diffuser au bar. Enfin, si tu es d'accord.

C'est la première fois que Karim lui propose ça. Elle dit oui, évidemment.

– Il dort encore. Café ?

Sara fait oui de la tête.

– Sucre ?

– Non.

Ça, elle n'a plus le droit jusqu'à la pesée. Sa mère attrape son visage entre ses mains et l'embrasse sur le front.

– *Minha filha*... Tu veux rien manger, tu es sûre ?

Elle ouvre le frigo sans lui laisser le temps de répondre, sort un Tupperware rempli de poulet grillé, des yaourts, une banane.

– *Mãe* ! Je suis à la diète là, je t'ai dit.

– Encore un régime...

Sara fait glisser ses doigts sur la toile cirée en suivant le contour des fleurs jaunes et vertes.

– J'ai un nouveau combat.

Elle observe l'air impassible de sa mère, juste un infime hochement de tête, puis le bras qui se tend et déplace de quelques centimètres la carafe d'eau sur la table. C'est tout.

– C'est un combat important, mais c'est en *short notice*. Ça veut dire un remplacement de dernière minute. Celle que je dois remplacer s'est blessée pendant son camp d'entraînement.

Sara remarque la grimace furtive. Elle poursuit :

– Je ne peux pas refuser. C'est un combat pour le titre des *featherweight*. C'est un peu ma dernière chance d'obtenir une ceinture. C'est vraiment important.

– Fizeurquoi ?

– *Featherweight*, poids plume, c'est le nom de la catégorie de poids.

Sa mère a toujours la main posée sur le goulot de la carafe d'eau, qu'elle serre légèrement. Si seulement sa fille avait choisi un sport normal.

– J'aimerais que tu viennes me voir.

Sara ajoute :

– Que vous veniez tous les deux. Avec papa.

Sa mère lève les yeux vers elle, inquiète. C'est la première fois depuis des années que sa fille lui demande ça. Elle a toujours refusé jusqu'à présent. Regarder son enfant se faire taper dessus ? Elle en est incapable.

– C'est important pour moi.

Silence.

– Je ne te demande pas de me répondre tout de suite, mais juste d'y réfléchir, d'accord ?

– *Não sei…*

– C'est vraiment important pour moi.

– Tu as demandé à ton père ?

Sara sent son cœur se serrer dans sa poitrine. Si elle arrive à le convaincre lui, alors elle a une chance que sa mère vienne aussi, elle le sait.

– Je vais le faire. Je suis venue pour ça.

– Je crois qu'il est réveillé, *vou ver*, dit sa mère en sortant de la cuisine, avec sa robe noire et son tablier autour de la taille.

Sara n'a pas touché son café. Il est froid désormais. Elle se lève pour vider la tasse dans l'évier et reste un instant debout face à la fenêtre qui donne sur la cour et un carré de ciel bleu. Bientôt l'été. On entend juste les cris des petits qui jouent au foot et le ballon qui rebondit contre les murs gris. Puis les pas de sa mère qui revient.

– Il t'attend.

*

Son père peut articuler à nouveau presque comme avant, la paralysie a quasiment disparu. Il n'empêche, ça fait déjà quinze bonnes minutes que Sara est entrée dans la chambre, qu'elle s'est assise sur le fauteuil en face du lit – son ancien lit à elle, ça lui fait bizarre à chaque fois de voir son père dans sa chambre d'enfant et de s'asseoir elle dans le fauteuil qu'il occupait si souvent –, quinze minutes et aucun des deux n'a décroché un mot. Parce qu'elle ne sait pas encore très bien, lui non plus d'ailleurs, comment on comble le vide qui les a tenus éloignés pendant toutes ces années. Comment on réapprend à se parler sans se blesser.

– J'ai une bonne nouvelle.

Son père bouge légèrement dans le lit. Elle marque une pause de quelques secondes. Il a les yeux encore mi-clos, le visage bouffi du réveil.

– Un nouveau combat. Pour une ceinture *featherweight* cette fois.

Au moins, à lui, elle n'a pas besoin de traduire, le langage du combat, il le parle aussi. Maladroitement, il pousse avec ses mains de chaque côté de son maigre corps pour s'adosser mieux contre l'oreiller. Il ouvre plus grand les yeux.

– Quand ?

– Dans deux semaines. Un remplacement en *short notice*. C'est un peu ma dernière chance d'obtenir un titre.

– Tu te sens prête ? Elle est comment ton adversaire ? Le poids, ça va ?

Sara rapproche le fauteuil du lit.

– Ça devrait le faire.

Elle commence à raconter ses entraînements au club et avec Salim. Qu'elle se sent bien, en forme, focus. Elle parle de la tenante du titre, très forte, une combattante complète mais pas intouchable. Avec Papi et Joh, ils ont déjà identifié quelques failles.

– Tu as des vidéos de ses combats ? Montre, dit son père.

Et père et fille dans la petite chambre de l'enfance se penchent sur l'écran du téléphone. Ils commentent, analysent les gestes, les déplacements, les forces et les faiblesses de la future adversaire de Sara. Ils sont presque collés l'un à l'autre, ils n'ont pas été aussi proches depuis si longtemps. Sara pourrait continuer comme ça des heures, elle aimerait qu'il y ait plus de vidéos de son adversaire à étudier, pour que ce moment ne finisse pas. Mais son père fatigue, il a besoin de se reposer à nouveau, alors Sara l'aide à se recoucher. Elle tire le drap sur lui. Elle le borde, comme un petit enfant. Elle l'embrasse sur le front et s'en va en fermant la porte doucement. Dans le couloir, elle prend une grande respiration et repart dans la cuisine, dire au revoir à sa mère, le cœur un peu plus léger.

NIBEL

On sait pas qui fait quoi dans la vie,
fille ou garçon peu importe,
y a juste comment on s'entraîne c'est tout.
On s'encourage.
Y a une solidarité, une sorte d'amour familier.

C'est une histoire de niveau et de compétence,
pas de genre ou de classe sociale.
On est des frères,
des sœurs d'armes.

Amandine reste figée quelques secondes sur le bord du tatami bondé. Que des mecs. Des petits, des grands, des gros, des jeunes, des vieux. Mais que des hommes. Les autres filles ont dit qu'elles viendraient aussi s'entraîner au cours débutant de Papi ce soir mais elles ne sont pas encore arrivées. Sur le groupe WhatsApp, Mimi a prévenu qu'elle aurait du retard, Clara qu'elle était en chemin, Amina que finalement, elle avait un empêchement. Amandine cherche un visage connu, elle n'en voit aucun.

– Tu fais le cours aussi ?

Un jeune garçon a surgi derrière elle. Amandine se retourne vers lui. Il est en train de mettre ses gants.

– Oui.

Elle sent le besoin de justifier sa présence.

– J'attends les autres filles.

– Viens, on commence ensemble. C'est quoi la technique qu'a montrée le coach ?

– Jab, esquive et contre.

– Ok. À toi. À moi. Tu commences ?

Amandine s'exécute. Jab, esquive, contre. Jab, esquive, contre. Pendant trois minutes. Puis à l'autre.

Papi reconnaît l'élève de Sara. Il s'approche du duo et corrige :

– C'est pas *bam bam bam*. C'est *bam – bam bam*.

Amandine recommence. Elle essaie d'écouter la musique. « Relâche-toi. » « Attention à ta garde. » « On change de partenaire ». Papi interpelle un autre jeune homme du cours : « Tiens, mets-toi avec lui. » Amandine se sent nulle, empotée, elle a l'impression de faire perdre leur temps aux mecs. Elle s'applique autant qu'elle peut, reste concentrée, mais c'est pas facile.

– Allez, on rajoute le crochet maintenant. À la tête ou au corps.

Son nouveau partenaire la corrige : « Tu es trop près, essaie de trouver ta distance. » Il montre. Elle fait. « Voilààà, super ça. » Elle rougit derrière ses gants. « Passe bien la hanche sur le crochet. » Il montre. Elle fait. C'est mieux. Papi passe à nouveau à côté d'eux, observe.

Jab-esquive-remise-crochet – Bam – bam bam.

– Super Amandine. Très bien ça.

Elle est fière.

*

Le lendemain, au petit déjeuner, Amandine a les yeux bouffis d'insomnie. Elle touille ses flocons d'avoine, qui ramollissent dans son bol. Toute la nuit, elle s'est retournée dans son lit en pensant au gala de Sara, qui aura lieu le week-end prochain, et à son propre combat, qui arrive demain. Elle n'a pas dit à ses parents qu'elle allait faire ses premiers pas dans une cage, elle a trop peur qu'ils l'en dissuadent. Même si ce n'est qu'un entraînement, elle flippe. Au départ, elle ne voulait pas participer, elle ne sentait pas prête. Mais Sara a insisté, lui a dit qu'elle avait tout à fait le niveau, qu'il fallait qu'elle le fasse, pour l'expérience. Qu'elle essaie au moins. Elle ne veut pas la décevoir.

« T'as une sale mine ce matin. » Le nez plongé dans son bol, Amandine ne relève pas le commentaire de son père, ni celui de sa mère, « t'es sûre que tu veux aller au sport ce soir, tu ferais mieux de rentrer directement non ? ». Ils n'y comprennent rien. Ce n'est pas de leur faute. Elle-même, elle ne sait pas comment leur expliquer pourquoi elle fait ça, pourquoi elle a hâte d'y retourner, peur et hâte. La jeune fille détaille la bouillie peu appétissante. C'est elle qui a réclamé que ses parents achètent ça. Que mange une championne au petit déjeuner ? Elle ne sait pas trop mais sûrement pas des Miels Pops ou du Nutella. Le problème, c'est que les flocons d'avoine, c'est vraiment dégueu.

– Tu ne finis pas ?

Sa mère s'est levée et a commencé à débarrasser la table. Son père a le nez dans son ordinateur. Il se ressert un café sans lever la tête. Amandine se force un peu à manger, par fierté. Il faut absolument qu'elle trouve un moyen de négocier pour aller voir Sara combattre à l'AFC avec les filles. Elle compte sur l'arrivée de son bulletin et du conseil de classe. Si les commentaires et les notes sont bonnes, ça devrait passer. Il n'y a que ça qu'ils comprennent.

Sept petits jours, c'est tout ce qu'il lui reste à attendre avant la pesée officielle. Sept petits jours pour finir de se préparer et pour faire le poids. Chaque matin depuis l'annonce, Sara compte les heures et les kilos qui la séparent de la cage. Ce matin, elle flippe. Elle s'est levée en ayant la boule au ventre, elle sait que ça arrive, qu'il y a des jours avec et des jours sans, mais quand elle a vu les 500 grammes en plus sur la balance par rapport à la veille, elle a craqué.

Les hormones chamboulées, la rétention d'eau, le ventre gonflé… Elle sait bien de quoi il s'agit : ses règles sont arrivées, le poids ne descend plus. Elle a moins de kilos à perdre que d'habitude, ça devrait être plus simple. Mais parfois, son corps en décide autrement. Elle en a marre, elle n'en peut plus, elle voudrait que tout ça soit déjà fini. Face à son miroir, Sara se penche pour observer de plus près ses paupières gonflées et les cernes qu'il va falloir dissimuler pour aller travailler. Ce matin, elle a rendez-vous avec sa responsable. Elle doit poser ses jours pour son combat la semaine prochaine. Elle a déjà prévu son excuse. Elle ouvre le robinet et plonge son visage gonflé sous l'eau froide. Si seulement elle pouvait s'y noyer.

*

Ne pas pleurer, ne pas pleurer, même si elle dit non, ne pas pleurer. Sara se répète ce mantra en boucle en entrant dans le bureau de sa cheffe. Elle a la mâchoire serrée, les nerfs tendus, les yeux bouffis et un gros nœud dans la gorge. Elle se sent prête à exploser mais elle veut tout sauf craquer devant elle.

Sa boss ne répond pas « non », elle demande « pourquoi ». Pourquoi elle a besoin de ces trois jours en fin de semaine, c'est le moment où il y a le plus de monde, il va falloir qu'elle trouve quelqu'un pour la remplacer, c'est pas pratique. Et Sara craque. Elle se met à sangloter comme une enfant dans le bureau. Pourquoi ? Cette question évidente la fait trébucher parce que le régime et les règles, c'est le combo qui la met KO.

– Asseyez-vous, Ferreira. C'est rien. On va s'arranger.

Sa boss se lève de son bureau, prend un gobelet à la fontaine à eau et le tend à Sara. Elle ne s'attendait pas à la voir pleurer, elle qui a toujours l'air si sérieuse et solide. Oui, solide c'est l'impression qu'elle lui a faite à l'entretien d'embauche. Celle d'une femme qui sait où elle va. Sara boit le verre d'eau et commence à se calmer, les sanglots ralentissent, elle essuie les larmes au coin de ses yeux, accepte le mouchoir qu'on lui propose, plonge la tête dans ses mains.

Putain. De. Régime.

Quand elle arrive enfin à se calmer, Sara se dit que, foutue pour foutue, autant dire toute la vérité. De toute façon, elle en a marre de dissimuler cette partie si importante de sa vie, il faut assumer même si elle a peur pour son contrat. Elle va pas pouvoir gérer ça en plus et refuser la bouffe que ses collègues lui tendent en permanence – les gens font que bouffer dans cette médiathèque en fait ?

Contre toute attente, sa boss se montre très compréhensive. En fait, elle a même l'air soulagée que ça ne soit « rien de grave », c'est-à-dire pas de congé maladie – sa hantise depuis que le chargé de l'audiovisuel est en arrêt. Elle est aussi curieuse d'en savoir plus, elle pose des questions pour son fils qui est fan de « ça ». Elle demande carrément sur quelle chaîne passera le combat et à quelle heure, même si elle, elle ne regardera pas car elle a « du mal avec le sang » et « de voir des gens se taper dessus, merci », mais son ado adore « la MMA », alors s'il apprend que sa mère travaille avec une « comment on dit ? une joueuse ? », « non, une combattante », « et on dit le MMA, pas la MMA », « ah oui d'accord », en tout cas, ça va lui plaire de savoir ça, à son fils, il voudrait en faire mais elle, elle trouve que c'est trop dangereux, elle ne savait pas que les femmes aussi pratiquaient ça, elle a pas l'air pourtant, enfin, on dirait pas quand on la voit, c'est-à-dire qu'elle est plutôt jolie, elle s'exprime bien…

Bref, qu'elle ne soit pas complètement teubée et défigurée, ça la surprend, Sara a l'habitude. Elle ne rentre pas dans le débat. L'important c'est que sa demande soit validée.

*

– Samedi prochain, sur RMC Sport, c'est bien ça?

Sa cheffe est revenue la trouver à l'accueil avec son agenda entre les mains. Elle entoure la date et note, appliquée, en tirant un peu la langue: *combat MMA Sara*. Elle sourit:

– C'est mon fils qui va être content.

Elle brûle encore de lui poser mille questions. C'est un sujet sensible entre eux ce sport qu'elle lui refuse. Pourquoi il veut faire ça? Elle ne comprend pas. Elle craint qu'il s'abîme le cerveau, il passe déjà bien trop de temps devant les jeux vidéo. Mais s'il apprend qu'elle connaît une combattante qui passe à la télé… Sara sent que sa responsable l'observe du coin de l'œil avec un mélange de fascination et de curiosité. Elle attrape sa bouteille d'eau, boit une longue gorgée, essaie de faire abstraction, regarde l'heure sur son ordinateur: 10 h 32. La journée va être longue et ce soir, un fractionné l'attend.

MALICK

À l'entraînement, tu taffes tes techniques et quand tu rentres dans la cage,
c'est comme si tu montais sur scène –
c'est un terrain sur lequel tu peux t'exprimer.

Tu vas affronter quelqu'un qui t'a rien fait,
tu te mets face à tes doutes,
tu mets aussi en jeu ton intégrité physique mais quand tu triomphes de ça,
tu sors différent.

En partant de chez elle, Amandine ne retient pas la porte. Ça claque. Tant pis. Elle dévale l'escalier et presse le pas vers la salle. C'est le grand jour, celui des test-matchs. Elle est une des premières sur place. Suivent Rim et Coco puis les autres. Clara n'est pas disponible aujourd'hui. Amina a prévenu qu'elle aurait du retard. Mimi n'a rien dit mais tout le monde sait qu'elle arrive toujours la dernière.

Hier, Sara leur a annoncé qui affronterait qui : Mimi versus Amina, Rim contre Inès, Coco contre Amandine.

– Commencez à vous échauffer les filles.

Amandine attrape son sac. Assise dans un coin de la salle, elle commence à se préparer en silence. Quelques gouttes de sueur froide lui coulent dans le dos.

« Je vais te démarrer, ma petite », « jamais. Tu vas t'essouffler en deux minutes ma vieille. » Mimi et Amina viennent d'arriver et se cherchent en rigolant. Du coin de l'œil, Amandine surveille son adversaire du jour. Coco est en train de mettre ses bandes de boxe, elle fait ça comme une pro. Sara ne lui a pas donné le défi le plus facile. Elle espère réussir à tenir les trois rounds de trois minutes. Sara a dit « vous allez voir, ça va être très long. » Avec la fatigue et le stress, la jeune fille se sent dans un état second. Elle a hâte d'y être et hâte que ça soit fini à la fois.

– Amina, Mimi, équipez-vous, on commence dans cinq minutes.

Un silence inquiet tombe sur la salle.

– On est là pour se faire plaisir quand même, rassure Sara. Celles qui regardent, vous avez le droit de réagir et d'encourager les copines.

Un cercle se forme autour de la cage. Il y a celles qui combattent et puis des invités, des parents, des amies, des grandes sœurs, des petits frères… Une trentaine de personne en tout. Amandine ne s'attendait pas à autant de public. Elle essaie de ne pas y penser. Elle a soif, mal au ventre, son cœur bat de plus en plus vite.

Sara appelle les deux premières à s'affronter dans la cage. Chacun dans leur coin, Chris et Moussa – les coachs du jour – chuchotent leurs conseils à voix basse avant que ça commence. Amandine croit entendre un « tu lui fais pas de cadeau, c'est elle ou toi » s'échapper de la bouche de Moussa. Ça lui donne la chair de poule.

– Mimi prête ? Amina prête ? Combattez !

C'est parti. Les filles s'envoient des coups, des vrais. Ça tape fort. Ça a l'air de faire mal. Ça a l'air fatigant.

Entre les conseils des coachs et les encouragements du public, les cris fusent autour de la cage. Amandine est sur les nerfs. Quand la fin du premier round sonne, elle a mal à la tête. Les deux combattantes, elles, sont déjà essoufflées, décoiffées, épuisées. Au deuxième round, Amina amorce avec une série d'enchaînements de boxe. Mimi arrive à bloquer les coups et à la faire tomber mais Amina reprend le dessus. Le chrono sonne. Une minute de pause. Ça repart. Dernier round. Les jeunes femmes luttent contre la cage. Échangent des coups de genoux dans les cuisses et dans le ventre. Aïe, ça a l'air douloureux. Sara siffle la fin du combat. C'était serré, égalité, elle lève les deux bras.

Amandine a la bouche sèche, des douleurs dans le cou, des palpitations et un début de crampe au mollet. Elle se demande ce qu'elle fait là. Elle n'a pas envie d'y aller. Enfin si, quand même. Pour voir. Elle s'étire un peu en prenant appui sur le bord de la cage, revérifie trois fois son équipement, part aux toilettes, revient, sautille vaguement dans un coin en essayant de copier Coco qui se prépare. Elle voit à peine Rim et Inès qui entament leur combat. Elle n'arrive pas à rester concentrée. Elle entend des bruits, perçoit des mouvements mais tout est un peu flou. Sara siffle. Les filles crient. Les trois rounds sont finis. Inès a gagné. On appelle les suivantes.

– Amandine, Coco. C'est à vous.

*

Le premier coup la surprend complètement. Elle ne s'attendait pas à ce que Coco, la gentille Coco, frappe si fort. La bride du casque de protection lui serre la gorge, elle n'a pas l'habitude de cette sensation. Au deuxième coup puis au troisième, Amandine sent la panique qui monte et sa vision qui se trouble. Elle bouge ses gants de manière désordonnée devant son visage. « Ta garde ! » lance Chris, qui la coache. Mais elle ne sait plus où elle est. Coco envoie un nouvel enchaînement qui touche. Amandine bloque avec les bras sans bouger le reste du corps. Elle est paralysée par la peur. Coco avance sur elle. Un, deux, trois coups. Elle s'arrête. Amandine respire un peu. Ça recommence. Un, deux, trois coups de poing et un coup de jambe. Un gros coup dans la cuisse. Ça fait mal. Amandine jette ses poings anarchiquement devant elle. Elle se prend un crochet. Le casque glisse. Elle a de plus en plus de mal à respirer, son cœur accélère, elle a très chaud, ses bras sont incroyablement lourds. Combien de temps encore ? Ça fait une éternité. Sara siffle la fin du premier round.

– Bon, tu as pris beaucoup de coups, il faut que tu commences à répondre, conseille Chris. Panique pas. Tu sais faire. Tu as vu tout ça à l'entraînement. Respire. Baisse pas ta garde. Quand elle boxe, bloque et remise. OK ? Elle non plus, elle aime pas les coups.

Amandine secoue la tête pour dire oui. Elle voudrait boire. Et que ça finisse. Elle essaie de retrouver son souffle.

Au centre de la cage, Sara lance le deuxième round. Amandine a l'impression d'entrer dans un tunnel avec effet *fisheye*. Tous ses sens sont exacerbés. Malgré les cris et l'agitation, elle commence à percevoir la voix de Chris de plus en plus distinctement. Ça la rassure. Elle essaie de ne plus penser, juste de faire ce qu'il dit. « Gauche, droite, en ligne. » Ça y est, ses coups commencent à trouver leur cible. Coco recule. Amandine se décale, garde haute. Elle envoie un jab suivi d'un low kick. « C'est bien, ça ! » s'exclame Chris. Un deuxième. Elle baisse sa garde. Coco contre. La tête d'Amandine recule. Coco la plaque contre la cage, crochète sa jambe. Elles tombent. Amandine ne sait plus comment sortir de là. « Fais la crevette ! » Amandine tente de se mettre sur le côté « Non ! Dans l'autre sens. » Elle essaie à nouveau. Coco pèse de tout son poids sur elle et commence à envoyer des frappes, à la tête et au corps. Écrasée au sol sous le corps de son adversaire, Amandine s'affole. Elle entend la voix de Moussa qui crie à Coco : « Frappe-la, arrête pas, tape, tape ! » Elle a envie de chialer, vraiment, elle n'en peut plus, c'est horrible, il faut que ça s'arrête. Le deuxième round sonne. Amandine se relève. Elle est en pleurs, son cœur bat à tout rompre. Chris entre dans la cage, il lui retire le casque pour qu'elle respire un peu mieux.

– Mets tes mains sur mes épaules, inspire, ça va aller.

– J'en peux plus, sanglote la jeune fille. Je veux arrêter.

Sara s'approche, prend la place de Chris.

– Amandine, écoute-moi. Tu as le droit d'arrêter à tout moment. L'important, là, c'est pas de gagner ou de perdre, c'est de tout donner. Tu as déjà fait le plus dur. Tu es entrée dans la cage. Tu as tenu deux rounds. Tu peux continuer. Ça se joue dans la tête maintenant.

– Mais je perds…
– Regarde-moi.
Sara saisi le menton de la jeune fille et plante ses yeux dans les siens.
– Fais-toi confiance. Lâche pas. Baisse pas les bras, sinon tu vas le regretter, crois-moi. Il reste plus qu'un seul round. Trois minutes. C'est rien trois minutes. Tu en es capable. Je le sais.
La minute de pause est largement dépassée, peu importe. Sara remet le casque sur la tête d'Amandine.
– Allez, respire un grand coup. Voilà. On y retourne ?
– On y retourne, répond la jeune fille.

*

En rentrant chez elle, Amandine se sent épuisée, légère, heureuse, courbaturée, fière. En un mot : différente. Les paroles de Sara résonnent encore en elle. Elle a perdu le combat contre Coco mais elle a senti qu'elle avait gagné contre elle-même, contre son envie de baisser les bras. Elle a réussi à trouver en elle des forces insoupçonnées pour continuer. Son combat n'avait rien de glorieux, de beau, elle a eu l'impression d'appliquer n'importe comment les quelques techniques qu'elle croyait maîtriser. Peu importe. Elle est entrée dans la cage et elle a tenu trois fois trois minutes contre une fille plus expérimentée et plus grande. Elle a tenu trois rounds contre elle-même. Elle ne savait pas qu'elle était capable de faire ça.

CHAÏ

T'apprends à être humble,
à garder les pieds sur terre.
Tu sais que y a beaucoup plus fort que toi,
ça te remet à ta place.

Si on me met la misère,
sur le moment, j'ai trop le seum
et après je me dis, c'est comme ça que je progresse.
T'apprends à gérer tes émotions :
t'es énervée, ok, tu vas faire quoi ?
t'es frustrée, ok, et puis ?
Ça t'apprend tout ça.

Vendredi 23 juin. 6 h 06. Hôtel Ibis.
Sara, Papi et Joh.
H-3 avant la pesée officielle.
H-7 avant le *face-off*.
J-1 avant le combat.

Les paupières de Sara se ferment d'elles-mêmes. Sous les couches de serviettes et sa tenue de sudation, elle effleure sa peau toute fripée du bout des doigts. Elle frotte le pouce et l'index de chaque main l'un contre l'autre en petits mouvements circulaires. Au-dessus d'elle, elle perçoit les voix de Papi et Joh. Leurs paroles comme du coton ouaté. C'est chaud et doux, ça traverse le cerveau, ça coule. Elle tombe. Elle imagine les sons qui flottent dans l'air autour, qui trouvent leur chemin jusqu'à son oreille. C'est comme les personnages de cette série qu'elle regardait petite : *Il était une fois… la vie*. Les consonnes et les voyelles s'immiscent dans son corps, glissent dans ses veines – les voix ne veulent rien dire, elles sont noires, blanches, vertes, rouges, des globules qui circulent dans le sang à toute allure avec de grands sourires. C'est elle à présent le globule. Elle se cogne contre les parois des veines, rebondit, *blop* et *poum*, elle coule dans l'immense toboggan de son corps en apesanteur, ça résonne, *poum* et *blop blop*, il y a des bulles dans le sang et le bruit de la vague qui monte, tout le monde crie, elle arrive, elle arrive la vague, ça ballotte et ça descend, ça donne le vertige, jusqu'où ? Elle se sent compressée, trop à l'étroit, y a trop de globules dans cette artère, ça embouteille fort, elle respire plus, elle veut de l'air, il faut sortir, emprunter ce vaisseau à droite, de l'eau, boire, oui boire une douche immense, se jeter dans une piscine, sortir des vaisseaux toboggans, partir à Aquaboulevard, elle voit la lumière, une voix qui l'appelle – les lettres sont là devant elle : A V A S A V A S A, les lettres clignotent : SAVASARA, elle connaît ce bruit, cette langue, c'est maître Globus ! Il lui parle dans sa langue ancestrale SAVASARA ? Soif – comment on dit déjà « j'ai soif » dans sa langue ? VAZICÉBON, dit maître Globus, ONVATEUPEZER. Couche après couche, serviette après serviette, Sara sent l'étau sur son corps qui se desserre, elle respire à nouveau. Une main lui enlève avec un gant la sueur sur le front. « Ça va Sara ? » Les visages de Papi et de Joh à l'envers au-dessus d'elle. « Ça va Sara ? » « J'en peux plus les gars. » Elle a la bouche pâteuse, elle remue légèrement les jambes, cherche de l'air. Papi l'aide à se relever, Joh lui attrape la main. À côté d'eux, la balance, le verdict en attente, combien de grammes encore à perdre d'ici la pesée ? « Si on est pas au poids, j'arrête, j'ai plus rien », dit Sara. Joh regarde le chiffre qui s'affiche : « Il reste que 400 grammes, c'est rien, allez, juste un dernier bain. ». Elle replonge.

*

Vendredi 23 juin. 13 h 15.
Salle de réception de l'Hôtel Ibis.
Pesée médiatique et *face-off*.
J-1 avant le combat.

Le présentateur annonce le poids officiel validé le matin : « 65,8 kilos pour Sara "The Anaconda" Ferreira. » On applaudit. Sara va se poster devant la tenante du titre pour le *face-off*. Dans les lunettes de soleil réfléchissantes de son adversaire, elle voit distinctement ses traits encore émaciés par la fatigue et la déshydratation. Elle rapproche son front de celui de la fille. Pas pour la menacer mais pour se plonger dans le reflet qui la dévisage : ces yeux noirs et résolus, ce nez presque droit, ces pommettes saillantes, ces cheveux châtains coiffés en tresses collées sur son crâne rond. Oui, c'est bien elle qu'elle va affronter.

It's you against you. C'est toi contre toi.

Sous ses lunettes, la championne en titre affiche un air confiant. Elle tient sa ceinture *featherweight* sur l'épaule droite. Elle se tourne vers les médias et le public et lève le trophée au-dessus d'elle. Sara se tourne aussi devant le parterre de journalistes. Les téléphones filment, les flashs crépitent. Sur sa hanche et jusqu'en bas de la cuisse, sous le short de combat, l'anaconda menaçant se déploie.

Pourquoi elle fait ça?

Por que, minha filha?

Oui, pourquoi ma fille? Pourquoi tu fais la bagarre, pourquoi tu risques d'abîmer ton visage et ton corps à chaque fois, pourquoi tu t'épuises – ce besoin de te battre plutôt que de rester à ta place, pourquoi tu fais pas comme tout le monde?

Un sport violent?

Mais la cage, ça a été son refuge contre la violence du monde. C'est là où elle a appris à se sentir forte, à être vue, à exister. C'est là où elle a pu rendre les coups que la vie donne, s'écrire une histoire, regagner sa dignité. C'est là où elle a appris qu'elle était capable de se battre pour ce qui compte et que peu importe si elle tombe, l'important, c'est d'encaisser et de se relever.

Pourquoi elle fait ça? Elle ne sait pas. Enfin si elle sait mais elle n'a pas les mots. Ce sont des choses qui ne se formulent pas. Qui se ressentent. Elle pourrait trouver tout un tas de justifications physiologiques, psychologiques, sociales, mais toutes les explications, les films, les livres du monde entier ne suffiront jamais à expliquer pourquoi

cette nécessité,

c'est viscéral,

ça vient des tripes.
Il faut le vivre pour savoir, c'est tout.

*

Nuit du vendredi 23 au samedi 24 juin.
Hôtel Ibis. Chambre 212.
Sara dort.

Elle dort profondément. On pourrait dire qu'elle dort comme une enfant mais tous les enfants ne dorment pas d'un sommeil serein. Elle dort et son corps se régénère, son esprit aussi. C'est le grand ménage interne de la nuit. Dans la journée, elle s'est réhydratée, elle a mangé, repris des forces après la pesée. Elle s'est promenée avec Titus, Chris et Neema dans l'après-midi. Le chien était heureux de revoir sa maîtresse disparue depuis la veille. En rentrant à l'hôtel, elle a eu un SMS de sa mère qui disait qu'ils avaient bien reçu les invitations VIP, qu'ils viendraient peut-être, mais pas sûr, que son père était encore faible, que ça finirait tard, que ça lui semblait compliqué, qu'elle prenne soin d'elle en tout cas. Et qu'ils l'aimaient.

Sur WhatsApp, elle a reçu les encouragements des gars de l'Alpha Team et une photo des filles, de la banderole qu'elles ont préparée, un anaconda noir et rouge qu'elles ont peint à la main. Elles y avaient passé la journée.

Alors, dans le lit moelleux, Sara dort. Et elle rêve. Dans son rêve, elle marche le long d'une plage de sable, au Portugal peut-être. Elle a les pieds nus, le bas de son jogging relevé. L'eau est froide. Il y a des galets, des coquillages. Un grand soleil. Elle avance le long du rivage. Dans le sable, la trace de ses pas s'inscrit derrière elle. Il n'y a personne autour mais elle n'est pas seule. Elle se sent peuplée de tous ceux qu'elle aime. Elle s'arrête. Lève la tête pour mieux détailler le décor qui l'entoure : dans la mer, les roches rouges et grises qui jaillissent entre les vagues ; sur la côte, le vert éclatant des pins maritimes et des palmiers qui bordent la route déserte. Devant elle, la plage à perte de vue. Tout ce qui lui reste à parcourir. Elle n'en est qu'au début.

PATRICK « THE BELGIAN BOMBER »

Le vrai rêve, c'est le processus et tu dois aimer le processus –
apprécier chaque étape.

Regarde là où tu es, tout le chemin parcouru et apprécie.
Aie un peu de considération pour toi-même,
sinon une fois que t'es arrivé, y a quoi après ?
Faut kiffer le chemin tout du long.

Samedi 24 juin. Adidas Arena. 23 h 07.
Main event.
Combat pour la ceinture *featherweight* de l'AFC.
Derrière le rideau noir.
Sara, Papi et Joh.

♫ *Ey-ey-ey*
Grii, pff, clic, boh
Ça tue,
ça blesse,
ça flingue
Regarde-moi Sara –
Maintenant, tu vides ta tête, tu oublies tout. Tu ne penses plus qu'à ce pourquoi tu te bats. Pourquoi tu as fait tout ça. Tous ces sacrifices, ces entraînements. Pense à ce que tu viens chercher dans la cage ce soir, à ce que tu veux prouver, à qui et pourquoi ?

T'es pas là par hasard, t'as bossé pour être ici. T'as déjà fait le plus dur. Maintenant, c'est elle ou toi. Montre-lui ce que tu sais faire. Pas de cadeau. Je veux que tu sois méchante.

T'es une championne. Une putain de guerrière.

Oublie pas ça.

Allez.

Méchante, Sara,

méchante.

ey-ey-ey

Grii, pff, clic, boh

Ça tue,

ça blesse,

ça flingue

Ey-ey-ey, grii, boh ♫

*

23 h 12. Cinq rounds de cinq minutes.
Sara dans la cage.
Papi et Joh dans le coin bleu.

1er round.

on est dedans tout de suite
prends l'espace
tranquille relâchée
le jab il touche
menton baissé
en ligne
des feintes

tranquillement on est patiente
on sait qu'elle remise crochet bras avant
1 2 en ligne
reprends l'espace gratte du terrain
petits pas
laisse-la s'épuiser
exactement
il reste 30 secondes
bien la défense
joins les mains pousse et tire
coude en sortie
– pour couper le coude
10 secondes
te crame pas
c'est bien

2e round.

menton baissé
te jette pas
cadre
dès que tu feintes elle recule
bras à l'intérieur
non
perds pas d'énergie sur ça
rentre ton deuxième bras
double under
genou dans les cuisses
dans la jambe gauche
1 minute

jab au corps et crochet
tu remontes la tête
30 secondes
sors de là
jab jab

3e round.

la boxe d'abord
en haut en bas
dès que tu le sens tu amènes au sol
te précipite pas
utilise tes hanches
redescends t'es trop haute
2 minutes
prends ton temps
frappe
c'est bien
la laisse pas se relever
attention au coude en sortie
ressors
prends la distance
voilà
méchante

4e round.

reste clean
pas les middle
on va dans les angles après
jab au corps

elle a un trou là-bas
3 minutes
c'est rien le sang là
arrête d'envoyer des crochets
d'abord on défend
ensuite on sanctionne
anticipe
réduis la distance
40 secondes
1 2 en ligne
après blocage faut remiser

5e et dernier round.

respire
de la vitesse pas la force
relâchée
elle est fatiguée elle aussi
pas large pas fort
vite
comme à l'entraînement
baisse le menton
low kick intérieur
t'es à la moitié
elle en peut plus elle non plus
rouleau compresseur
genou
place ta tête
coude coude
elle fatigue

30 secondes
donne tout
en bas en haut
lâche pas
20 secondes
replace tes mains
10 secondes
finis fort
lève les bras
…

23 h 42.

Debout, au centre de la cage, Sara essuie le sang qui coule sur son visage avec le tee-shirt Alpha Team que lui tend Papi. La *cutwoman* arrive, attrape sa tête d'une main pour la maintenir immobile, de l'autre, elle appuie avec sa paume sous l'arcade ouverte. *Ssshhh.* Sara gémit sous l'effet de la douleur. La soignante sort une compresse puis applique la vaseline pour stopper l'hémorragie. « C'est bon. » Sara cherche ses coachs du regard. Joh est parti saluer les entraîneurs adverses. Papi se tient à côté d'elle. Il lui sourit. Avec sa serviette, il essuie le reste de sang sur ses tempes puis la serre dans ses bras : « Tu nous as fait un combat incroyable. » L'arbitre fait signe aux deux combattantes de revenir au centre pour l'annonce de la décision. Le speaker commence à lire les scores des juges :

– 48-47 pour le coin rouge…

– 47-48 pour le coin bleu…

Il laisse quelques secondes de pause – un suspense interminable avant de rendre la note du dernier juge, qui donnera l'issue du combat:

– Et après cinq rounds d'une guerre intense...

Sara ferme les yeux.

– 48-47 pour la gagnante par décision partagée... et... TOUJOURS championne de l'AFC...

Le bras de Sara reste baissé.

Elle a perdu.

Sa dernière chance de titre vient de disparaître. Elle fixe la bâche tachée de sang. Le sien et celui de tous les combattants qui sont venus s'affronter ce soir. Elle a tout donné. Ça n'a pas suffi. Les bras de Joh et Papi l'entourent. « C'était une sacrée guerre. » Joh lui tapote le dos. « C'était serré. » Ils sont déçus. Jusqu'au bout des cinq rounds, ils ont voulu y croire. Elle aussi.

Pendant que le speaker interviewe la championne, Sara commence à enlever le Scotch qui entoure ses gants. Elle fait le tour de la cage pour essayer d'apercevoir son équipe dans le public. Elle sait que les filles sont là avec leur banderole mais elle ne les voit pas. Une caméra suit chacun de ses pas. Elle n'y fait pas attention. Dans le carré OR au pied de l'octogone, elle cherche Chris et Neema. Et surtout, elle cherche les deux places à côté d'eux qu'elle a réservées pour ses parents. Sans succès.

– Tu fous quoi avec ça?

Joh pointe du doigt les gants que Sara est en train d'enlever. Il sait ce que ça signifie.

– Je raccroche. J'ai perdu. C'est fini.

– T’as vu le *fight* incroyable que tu viens de nous faire ? s’énerve Joh. C’est pas fini du tout. Tu l’as fait galérer comme jamais. Ça, c’est un coup à choper le bonus du combat de la soirée. Ils vont te rappeler vite, c’est sûr. T’as entendu le public ? C’était magnifique.

– Je te dis que c’est fini.

– Arrête tes conneries, dit Joh.

– T’as plus envie ? demande Papi, c’est ça la vraie question.

– Je sais plus.

– Tu raccroches rien du tout, s’énerve Joh. Allez, laisse ces gants tranquilles, on doit aller au médical.

Sara suit Joh et Papi hors de la cage. Elle avait tout prévu en cas de défaite, sauf de changer d’avis.

L'odeur des vestiaires *post-fight*, la couleur des néons, le banc qui lui fait mal aux fesses, les bandes que Papi découpe comme un rituel pour libérer les mains, Joh qui arpente la salle comme un lion en cage en se refaisant chaque round à voix haute. Elle aime tout ça. Tellement. Les hauts comme les bas. Toutes ces émotions vécues ensemble.

Sara attrape les gants à côté d'elle sur le banc. Est-ce que c'était sa dernière danse ? Elle ne sait pas. Elle pense avec une tendresse immense à ses coachs, à Chris, Neema, à son équipe et aux filles qui étaient dans le public ce soir. Elle ne repart pas avec la ceinture qu'elle voulait tant. Mais elle s'est battue jusqu'au bout. Elle a tout donné.

Il y a des défaites qui ont un goût de victoire.

*

On toque à la porte.

– C'est qui ?

– C’est Salim.

Joh va ouvrir.

– Oh, mon vieux, ça va? Tu viens saluer notre guerrière?

– Je ne suis pas seul, répond Salim.

Joh ouvre la porte du vestiaire en grand. Sara lève la tête. Dans le couloir, derrière son ancien coach, elle aperçoit la silhouette de son père, appuyé sur une canne. Il s’est rasé de près, a coupé ses cheveux. Il a mis une veste de costume sur son polo gris et des chaussures de ville. À son bras, sa mère. Elle a mis un peu de rouge aux lèvres et de mascara aux yeux. Elle porte une robe à fleurs et des chaussures vernies. Elle a quitté son éternelle robe noire.

À tous mes gars et toutes mes gos sûres
À mes coachs, à mon équipe

on en aura arpenté des gymnases,
on en aura bouffé des sandwichs à la dinde,
on en aura fait des kilomètres de nuit,
on en aura visité des kebabs,
on en aura crié des « alleeeez » et des « finis-le »,
on en aura transpiré des litres de sueur sur tous les tatamis,
on aura cessé de compter les entorses et les tendinites,
les « j'ai plus de jus », et « pourquoi j'suis venue j'pourrais être dans mon lit »,
on en aura encaissé des coups,
on en aura fait des lessives,
on en aura oublié des jours fériés et des dimanches,
on se sera levés tôt, couché tard,
on aura senti le goût du sang,
senti le goût du manque,
l'envie de vomir, la peur, l'asphyxie,

on en aura connu des défaites,
des raclées

dans la cage
et à la salle
on aura mis l'ego de côté
mais pas trop
on sera revenus
on aura pas lâché
on aura appris des techniques
et des vérités
on aura partagé bien plus que des kicks
on aura rigolé
on aura fait les cons
et des photos de nos muscles
on aura été fiers de toute la traversée
jamais seuls
toujours en équipe –
on se sait,
c'est tout

et à la fin on pourra se dire,
putain,
on a souffert
mais qu'est-ce qu'on a vécu

*

Écrire c'est venger mais écrire c'est trahir.

J'écris pour celles et ceux qui ne me liront pas,
qui n'ont pas les mots,
qui n'écrivent pas l'histoire,
ou qui croient ne pas en avoir le droit.

J'écris pour les *underdogs*,
les pas nés du bon côté,
pas au bon endroit,
pas du bon genre,
ou pas avec les bons codes,
mais qui se battent,
et qui lâchent pas.

J'écris aussi pour ceux qui lâchent,
qui encaissent, encaissent
et un jour baissent les bras.

(j'écris pour toi)

J'ai un pied dans la porte, je la laisse ouverte,
je fais passer mon équipe avec moi.
S'il y a une place à prendre,
je la prends –
s'il faut ouvrir la voie,
je le fais –
j'y suis, j'y reste,
que ça vous plaise ou pas.

Je tiens la porte pour que tout le monde entre.

Je tiens la porte,
tant que je le peux.

Écrire c'est trahir mais écrire c'est venger.

E. P.

Remerciements

Ce roman n'aurait pas existé sans mon équipe :

Merci à Lolo, Loïc Pora, qui depuis plusieurs années me pousse à croire en moi et à prendre conscience que je suis capable de me battre pour ce qui compte, merci pour nos discussions, tes punchlines et tes réponses pour ce livre et dans la vie.

Merci à Tonton, Christian M'Pumbu, head coach et conseiller littéraire en or, pour nos échanges, tes récits, tes conseils, et ton écoute patiente et précieuse tout au long de l'écriture.

Merci à mes collègues de la FMMAF : Lionel Brézéphin, Raouf Oudina, Rémi El Cheikh Taha et Cliff Ramiah d'avoir répondu à mes questions quand j'en avais besoin.

Merci à Tevi Say, combattante et coach pionnière de ce sport, qui nous a ouvert la voie et continue de le faire avec la MMA Girls Top Team à Nantes.

Merci au Marseille Fight Club pour son accueil, à Souhil Taïri et à la MMA Women Team, qui ont inspiré certains passages.

Merci à Patoche, Patricio Carlos, pour nos conversations à la salle, en voiture, dans le train, pour tout.

Merci à mon club, à celles et ceux qui me tapent dessus au quotidien pour me faire progresser, à nos bagarres et à nos discussions en bord de tatami ; mention spéciale à Jo, Jonathan Valminos, mon gars sûr, pour le soutien, la bienveillance, les coupes de cheveux et pour faire de ce club ma maison et ma deuxième famille,

Les intermèdes sont constitués d'extraits d'entretiens personnels menés avec : Nibel Ben Yahia, Myriam Benadda, Chaï, Adam Kara, Jonathan Lallement, Lena Lambla-Kerveillant, Christian M'Pumbu, Ambrine Ouarti, Soso le Fléau ; et de citations tirées d'interviews de Sébastien Loew, Malick Sylla, Nora Cornolle et Patrick Habirora – extraites des émissions *Cage Corner* épisode #1, *MMA Chill & Fight* Saison 2 #1 et #26, des podcasts *Combattantes* S2 #1, et *Au mental « Construire des champions »*. Merci à elles et eux pour leur confiance et leurs paroles inspirantes.

Merci à Djino Alolo Sabin, Julie Jacquemin, Lena Lambla-Kerveillant et Léa Anaïs Machado pour leurs relectures et conseils immensément précieux.

Merci à Alex, Karim, Wanda et à toute ma team HK3, le sang de la veine, pour le soutien émotionnel.

Enfin, un immense merci à Christophe Duchatelet d'avoir cru en mon écriture dès notre première rencontre et de m'avoir accompagnée jusqu'aux Avrils ; et à mes éditrices Lola Nicolle et Sandrine Thévenet, sans qui ce roman n'aurait pas vu le jour, pour leur confiance et leur accompagnement jusqu'au bout,

Pour finir, merci à ma maman de me soutenir dans mes projets, même ceux qui consistent à entrer dans une cage.

Les Avrils, une collection imaginée par
Sandrine Thévenet et Lola Nicolle.

Enthousiasmes littéraires

Conception graphique : Atelier 25.
Composition : Nord Compo.
Correction : Agnès Aubry.
Coordination prépresse : Maude Sapin.

Déjà parus aux Avrils

Raphaël Alix
Le Premier Homme du monde
Protocole miracle

Cécile Bartholomeeusen
À nos ardeurs

Isabelle Boissard
La fille que ma mère imaginait
Camille va aux anniversaires

Lucile Bordes
Que faire de la beauté ?

Jeanne Broucq
Zéro virgule neuf pour cent

Sarah Brunet Dragon
Une année terrestre

Didier Castino
Quand la ville tombe
Boxer comme Gratien
L'Application des peines

Jean Ciantar
La Ballade des garçons-poussière

Guillaume Collet
Les Yeux de travers

Nicolas Delisle-L'Heureux
Un grand bruit de catastrophe

Martine Delvaux
Le monde est à toi
Pompières et Pyromanes

Arnaud Dudek
Le Cœur arrière
Un printemps en moins

Martin Dumont
Tant qu'il reste des îles
Tempo

Dominique Fabre
Trois Passagers

Bertrand Guillot
Querelle à la française
L'Abolition des privilèges

Amandine Hamet
Les Couleurs

Mathilde Henzelin
La Saison des bêtises

Driss C. Jaydane
Moïse de Casa

Bianca Joubert
L'Amérique n'est blanche qu'en hiver

Dimitri Kantcheloff
Supernova

Marie Khazrai
Poupées roumaines

Bill Kouélany
Kipiala ou la Rage d'être soi

Stéphanie Lamache
Objets, trajets

Alexandra Matine
Les Grandes Occasions
La Pire Amie du monde

Karim Miské
La Situation

Vidya Narine
Orchidéiste
Le ciel est mon drapeau

Dan Nisand
Les Garçons de la cité-jardin

Lili Nyssen
L'Effet Titanic

Bérénice Pichat
La Petite Bonne

Suzanne Privat
La Famille, itinéraires d'un secret
Toxiques

Johanne Rigoulot
Une fille de province
La Vie continuée de Nelly Arcan

Isabelle Rodriguez
Les Orphelines du mont Luciole

Sylvie Tanette
Une vieille colère

Alissa Wenz
Le Désir dans la cage

Achevé d'imprimer par l'imprimerie Corlet,
à Condé-en-Normandie.
ISBN : 978-2-38311-050-7
N° d'impression : 25080378
Dépôt légal : février 2026